だが、顔がいい。

★

犬咲
Inusaki

Noche
BUNKO

登場人物紹介
ルイス
セプトゥル王国第一王子。
王太子であったが、軽率な行動が多く
その地位を弟に譲ることになった。
従妹である公爵令嬢・ソレイユと
婚約している。
自他共に認めるほどのダメ男だが、
超のつく美形。
ソレイユ
スフェール公爵家長女。
ルイスの婚約者で、彼にどんなに蔑ろに
されても、ずっと彼を許し続けてきた。
極度の顔フェチで
ルイスの顔が死ぬほど好き。

アンリ
ルイスの弟。
兄と違い努力家で、
ルイスの代わりに
王太子となった。
マルク
ソレイユの家が
支援している新人医師。
プリムヴェール
ソレイユの妹。
逞しい肉体を持つ男性を好んでいる。
スフェール公爵夫妻
ソレイユとプリムヴェールの両親。

目次

だが、顔がいい。

プロローグ　ただ、愛で許されていた。

こつこつと机を叩《たた》く指の音が、静かな王の執務室に響く。

「――いいか、ルイス。火遊びだけでは飽きたらず、怪しげな商人の甘言に踊らされ、婚約者に毒を盛るとは……謝って済む話ではないぞ」

眉間《みけん》に深い皺《しわ》を刻んだ父王の言葉に、セプトゥル王国の王太子であるルイスは碧玉《へきぎょく》の瞳にかかる白金の睫毛《まつげ》を伏せた。

「……ですが、あの男は、ただの媚薬だと――」

「黙れ。本当に媚薬だったならば許されるとでも思っているのか。恥を知れ」

「そのとおりです。婚約者とはいえ、ご婦人の意思に反して媚薬を盛ろうなどとは、まともな男のすることではありませんよ、兄上」

苦しまぎれの言葉を、父とその傍《かたわ》らに立つ弟――第二王子アンリに遮《さえぎ》られ、ルイスは唇を噛みしめた。

「おまえには心底失望した。もはや、おまえには何一つ期待はせぬ」

冷ややかに告げた王はルイスの背後、ひっそりと立つスフェール公爵令嬢ソレイユに視線を向け、詫《わ》びるように目を伏せた。

「ソレイユ、すまなかったな。こやつのせいで、そなたには今回も、これまでも、長く苦労をかけた。本当に、命が助かって何よりだ。そなたは、弟の……王家の宝だからな」

微笑《ほほえ》む王のまなざしは労《いたわ》るように温かな光で満ちている。

ルイスが覚えている限り、自分には一度も向けられたことのないまなざしだ。

——昔からそうだ。いつも父上は私にだけ冷たい。

それは単に、ルイスが王となるには怠惰《たいだ》で享楽的すぎるがために苦言を呈されていただけなのだが、ルイスは父が自分を厭《いと》うがゆえに文句を言うのだと思い込んでいた。

ぎりり、と奥歯を噛みしめたルイスの背後で微《かす》かな靴音が響く。

ソレイユが新緑の瞳をやわらかく細め、すっと腰を落とし、頭を垂れたのだろう。

ルイスは、彼女の礼が好きだった。

風にゆれるマリーゴールドの花びらを思わせる鮮やかな巻き毛が華奢《きゃしゃ》な首すじに垂れて、その肌の白さを際立たせる。ふんわりと広がったドレスの裾《すそ》をさばいて、優雅に腰を折る仕草の麗《うるわ》しさといったら……

淡く微笑《ほほえ》み顔を上げた彼女のくっきりとした鎖骨にかかる巻き毛の一房を払いのけ、その窪《くぼ》みをなぞり、かじりつきたいと思ったことは一度や二度ではない。

ルイスは彼女を害すつもりなどなかった。

自分が誰と遊ぼうと文句の一言も口にしない、嫉妬《しっと》のかけらも見せない冷たい婚約者を、熱くとろかしてやりたかっただけなのだ。

傍《はた》から見れば、ただの屑《くず》のわがままでしかないが、ルイスは、それを不器用な淡い恋心だと信じていた。

「……光栄です、陛下。ですがこのとおり、私は無事に生きております。どうか、お気になさらずに」

「そうはいかぬ。愚かな息子のせいで、私は療養の身の弟に余計な心労をかけたうえ、危《あや》うく可愛い姪《めい》を失うところだった……無事とは、とても言えぬだろう」

父の言葉にルイスは振りむく。

妹に肩を抱かれ、もたれかかるように、支えあうように立つソレイユの顔色は、百合《ゆり》の花のように血の気がない。クリーム色に小花を散らした綾織りの絹のドレスは、生地こそ上等だが飾り気がないデザインで、ソレイユの華奢《きゃしゃ》な身体を引きたたせる愛らしいものだが、今は、その細さが痛々しく見えた。

ルイスが仮面舞踏会で出会った商人にそそのかされ、媚薬だと信じて盛った毒薬は、心の臓にかなりの負担をかけるものだったと聞く。

駆けつけた宮廷医師が水を飲ませて吐かせ、すぐに薬を調べて毒消しを処方したが、ソレイユは、しばらく寝台から起きあがることすらできなかった。

おそらく、今も立っているだけで辛《つら》いはずだ。

今さらながらにこみあげる罪悪感に、ルイスが目を伏せたところで、静かな父の声が響く。

「……婚約は解消だ」

「なっ、父上⁉」

「王位はアンリに継がせる。……ソレイユ、王太子妃として、アンリを支えてやってくれ」

「父上！　お待ちください！」

叫ぶルイスの肩をアンリの大きな手がつかみ、床に跪《ひざまず》かせた。

「放せ！　アンリ！　予備王子の分際で！」

「そうですね。ですが、今から私が王太子で、あなたが予備だ。せめてもの情けで、私が任される所領の一部を譲ってさしあげますから、これからは大人しく余生を過ごしてください」

　だが、顔がいい。

「放せ！　この、筋肉馬鹿が！」

押さえつけるアンリの腕を振りほどこうとルイスはもがいたが、鉄の枷《かせ》に捕らわれたようにびくとも動かせない。

「……無様だな、ルイス」

乾いた父の声があびせられる。

さながら太陽神のごとく美しいと讃《たた》えられるルイスは、自分には似合わぬ野蛮な行為だと武芸を軽んじていた。必要最低限の手ほどきを受けた後は、ほとんど剣を手にすることなく過ごしてきたゆえに線の細さは否めない。

対して、幼少時より年かさの騎士にまじって鍛練《たんれん》を続けてきたアンリは、アッシュブロンドの髪や顔立ちこそ地味だが、軍神のごとく逞《たくま》しい体躯《たいく》をしている。

対照的な兄弟を横目でながめた父は、溜め息を一つこぼし、ソレイユに視線を戻した。

「……ソレイユ、こやつの親として償《つぐな》いをさせてくれ。望みがあるのなら、叶えよう」

「……では、陛下、二つほどお願いがございます」

「叶えよう。一つ目は何だ？」

「アンリ様の妻には私ではなく、妹のプリムヴェールをお迎えください」

ソレイユの言葉に、ルイスを押さえつけるアンリの手に力がこもる。

自分ではなく妹を妻に、と言われたことがショックだったのだろう。

ざまあみろ、と弟を嘲笑《あざわら》おうとして、自分も同じ立場に成りさがったことを思いだし、ルイスの視線は磨きぬかれた木目の床へと落ちる。

自分でもなく、アンリでもなく、他の男が彼女を娶《めと》る――いや、プリムヴェールがアンリに嫁《とつ》ぐのならば婿《むこ》を取ることになるのだろうか。

――私の物になるはずだったのに！　あの商人が紛《まが》い物《もの》の媚薬を売りつけたりしなければ！

媚薬さえ本物ならば、今ごろは名実共に夫婦になれていたはずだ。

ソレイユを寝台に組みしき、白い肌をあばき、熱くとろけた彼女の胎《はら》に思いの丈を注ぎこんでやれたはずなのに――と、ルイスは悔しさに目の奥がジンと熱くなり、きつく目蓋《まぶた》を閉じた。

「……アンリが気にくわぬのか」

静かな父の問いに、ソレイユのやわらかな声が応える。

「いいえ、従兄《いとこ》としてお慕いしております。ただ、私は妹の……プリムヴェールの初恋を叶えてあげたいのです」

「お姉様！」

響いた可愛らしい悲鳴に、皆の視線がソレイユの傍《かたわ》らに向かう。ソレイユを支える、彼女によく似た華奢《きゃしゃ》な少女へと——

「……プリムヴェール」

アンリの声にプリムヴェールの肩がはねる。

「今の……ソレイユの言葉は、本当だろうか」

「……わ、私、は……」

アンリの視線を受けとめて、姉とそろいの鮮やかな新緑の瞳が潤《うる》んだ。

「……い、いやぁ、お姉様のばかぁ」

本当はソレイユの背に隠れてしまいたいのだろう。けれど、病《や》みあがりの姉を支える手をどけることができず、せめてとプリムヴェールは姉の肩に顔を伏せる。

その恥じらいの初々《ういうい》しさ、またたくまに上気していく細い首すじの可憐《かれん》さは、ルイスでさえ可愛らしいと感じるものだった。

女に慣れた彼でさえそうなのだ。武芸一辺倒の武骨な男の目には、どう映ったことか。

ちらりとルイスが振りあおぐと、アンリの視線は、むず痒《がゆ》くなるほどに甘い、恋する男のものへと変わっていた。

——単純な奴め。まあ、干物《ひもの》男が花の蜜を与えられれば、舞いあがるのも無理はないがな。

アンリはルイスと違い、家臣の信頼は厚くとも、令嬢の気を惹《ひ》くたぐいの美男子ではない。

社交の場ですら愛想笑い一つ浮かべることのない大男を年若い令嬢たちは怖がり、二十歳を過ぎても婚約話の一つすら持ちあがらなかったのだ。

ルイスは弟の境遇を爪の先ほど憐《あわ》れみながら、心地よい優越感にひたり、見くだしていた。

どれほど武芸の腕を磨こうと何の意味もない。世の女たちは美しい自分に夢中なのだから、と。

国の半分は女だ。半分の支持を得られていれば、多少出来が悪くとも、国を治めることなど難しくない。

そんな風に、たかをくくっていた。

お飾りの王など珍しくもない。面倒事はアンリや家臣に丸投げして、自分は娶《めと》った妻を孕《はら》ませ、血をつなぐだけで充分役目を果たすことになるはずだと信じて。

そのような甘くて軽すぎる考えゆえに、何の努力もしてこなかったルイスは、ここに来てすべてを失いかけている。

夜会でソレイユが倒れ、激怒したスフェール公爵が兄である国王に「厳しい処分を！」と訴えたとき、ルイスの味方となる家臣はいなかった。

家臣の妻も娘も同じだ。彼女たちにとってルイスは、余裕のあるときに楽しむ美術品、ちょっとした楽しみでつまむ砂糖菓子のようなものだったのだ。

ルイスを褒《ほ》めそやし、「愛している」と繰りかえし、競うようにその腕に抱かれたがった女たちは、誰一人として心から彼を愛してなどいなかった。

それを思い知ったとき、ルイスは「世の雌犬どもの口にする愛の何と薄っぺらいことか！」と腹を立て、「所詮《しょせん》、この世には愛など存在しないのだ」と絶望したものだ。

——結局、私は誰にも愛されない、憐《あわ》れな男。

などと、一人、自分を憐《あわ》れんでいる。

そんなルイスの感傷をアンリの声が遮《さえぎ》った。

「……プリムヴェール、顔を上げてくれ」

「いやっ、絶対に変な顔になっているもの！　見られたくありません！」

「プリムヴェール、頼むから」

——気味の悪い、猫なで声を出しやがって。

わかりやすすぎる弟の変化にルイスは小さく舌打ちをし、視線をソレイユに向けた。

まだ、彼女の願いが一つ残っている。

「……う、うむ。アンリとプリムヴェールがよいのならば、それでいいだろう。では、ソレイユ、二つ目の願いは何だ？」

こほん、と小さく咳《せき》ばらいをすると、父がソレイユに問うた。

ルイスは息をひそめて答えを待つ。彼女は何を願うのだろう。ルイスの死か、それとも慕う男との縁談か。

ソレイユは少しだけためらい、それでも覚悟を決めたように、きりりと顔を上げて唇をひらく。

「私の婿《むこ》に、ルイス様を。それが望みです」

ソレイユの言葉に皆が息をのみ、ついで、沈黙が広がった。

「……ルイスを、おまえの婿《むこ》に？」

信じられないというように、父が彼女の言葉を繰りかえす。

「はい」

「……理由を聞いてもよいか」

「理由など、一つしかありませんわ」

薔薇色《ばらいろ》の唇をほころばせ、ソレイユがルイスを見た。

「私は、ルイス様を愛しています。ただ、それだけです」

まっすぐに向けられた視線と言葉に、ルイスは言葉を失う。

ただただ、ソレイユの視線を受けとめ、彼女を見つめることしかできない。

――どうして。

どれほどルイスが浮名を流そうとも文句一つ言わない彼女は、そもそも彼に興味がないのだろうと諦めていたというのに。

彼女に盛ったものが媚薬ではなく毒だったと知ったときには、今度という今度は婚約破棄を免《まぬが》れないかもしれない、とルイスは怯《おび》えた。

いくら未来の王妃の座が約束されているとはいえ、自分を殺そうとした男の妻になどなりたくはないだろう。

ましてや、今のルイスは王太子の座すら失った。

彼女が自分を選ぶ利点は何もない。そう、思っていた。

それなのに、彼女は――

「愛している？　私を？」

「はい。心から、あなたを愛しています」

微笑《ほほえ》むソレイユは輝くように美しく、ルイスは彼女の背に天使の羽を見た。

ぶわりと愛しい人の姿がぼやけ、ルイスは自分が泣いていることに気がつく。

愛しています――何十人という女に何百回と言われてきた言葉だが、ルイスが口にしたことはない。「愛しています」と言われれば「そうか」と笑っておしまいだ。

愛など、あまりにも嘘くさく、馬鹿らしく、戯《たわむ》れでも口にする気になれなかった。

ルイスにとって、女の語る愛の言葉など何の意味も重みもない、ただの寝台の上での言葉遊びだと考えていた。

けれど今、ソレイユが口にしたそれは、聞きあきたはずのその言葉は、ルイスの心を抉《えぐ》り、そして、抉《えぐ》られた場所からは熱い何かがあふれてくる。

――ああ、この世に愛はあったのだ。

彼女の瞳の中に、心の中に。

ルイスはソレイユに嫌われていたわけではない。ただ、愛で許されていたのだ。

「私も……」

「え？」

「私も、君を愛している」

その日、生まれて初めて、ルイスは愛を信じ、口にした。

そうして、今度こそ間違えないと、この愛を守っていこうと心に誓ったのだった。

第一章　顔だけ王子と初恋天使。

婚約破棄未遂から一ケ月後。ソレイユはスフェール家のサンルームで、大輪の薔薇《ばら》が描かれたティーカップを片手に、ルイスと向かいあっていた。

「……今日は一段と顔色がいいな。よかった」

テーブル越しに微笑《ほほえ》みながら、そっとソレイユの手に手を重ねるルイスの仕草は繊細《せんさい》で、まなざしは労《いたわ》るような愛しさに満ちている。

「はい。薬湯がよく効いているようです。ルイス様が持ってきてくださるお花にも、いつも慰《なぐさ》められておりますわ」

ちらりとソレイユの瞳が傍《かたわ》らの花台に置かれた陶器の花瓶に向けられる。

咲きほこる向日葵《ひまわり》の花は小ぶりで愛らしく、ルイス自ら選《よ》りすぐって花束にしてきたものだ。

「そうか。それは、よかった。他に私にできることがあれば何でも言ってくれ」

「ふふ、ありがとうございます。ですが、こうして毎日、会いに来てくださるだけで充いる。

　あれから、ルイスは人が変わったように惜しみない愛情と献身をソレイユへと捧《ささ》げて

分ですわ」

「……ずっと君の心を疑って、愚かな真似をして、本当にすまなかった」

　くすくすと笑うソレイユの手をそっと握り、ルイスが表情を引きしめた。

「ルイス様、どうぞもうお気になさらないで。こうして私は無事に生きておりますから」

　深々と頭を下げる男に、ソレイユは目を細めた。

失うところだった」

「そんなわけにはいかない！　……一歩間違えば、私は、唯一無二の真実の愛を永遠に

「まあ、大げさですわ。唯一無二の真実の愛だなどと……私でなくとも、ルイス様を愛する女性は、きっとおります」

　ソレイユの言葉に、ルイスは長い睫毛《まつげ》を伏せる。

「そんなことはない。君だけだ」

「ルイス様？」

「……ソレイユ！」

　すがるように名を呼ばれ、はい、とやわらかく微笑《ほほえ》むと、ルイスが迷子の子犬めいた

まなざしで訴えかけてきた。

「……こんな私のことを愛してくれるのは、きっと君だけなんだ！　君は、私の天使……いや、太陽だ。私の心の闇を照らしてくれる太陽。だから……これからも、どうか私を見捨てないで、ずっとそばにいてくれ！」

女々《めめ》しさあふれる懇願に、ソレイユは迷わず頷《うなず》く。

「勿論《もちろん》ですわ。生涯、あなたのおそばにいさせてください」

「……ありがとう！」

じわりと潤《うる》む碧玉《へきぎょく》の瞳を見つめ、ソレイユは胸にこみあげる熱いものを感じた。

――ああ、本当に……

ほう、と溜め息をつき、はにかむように微笑《ほほえ》むルイスの手をそっと握りかえしながら。

声には出さずにそう呟《つぶや》いて、ソレイユは目の前の理想の顔へと笑いかけた。

――顔がいい。

ティーセットを片付けて、やわらかな夕陽が降りそそぐ長椅子《ながいす》に腰かけたソレイユは、膝に寝ころぶルイスの髪をやさしく撫《な》でる。

愚かな婚約者の無防備な寝顔に、笑みを深めながら。

──甘えきった犬のようだわ。これほど美しい犬は、そういないでしょうけれど。

昔から、ルイスは甘ったれで、劣等感の塊《かたまり》のような男だった。

──まぁ、しかたがないわね。弟があれでは。アンリ様は、出来がよすぎるもの。

アンリは第二王子という微妙な立場に拗《す》ねることも甘えることもなく、誰に促《うなが》されることすらなく、自ら学び、鍛《きた》え、ルイスに何かがあったときに国を背負って立つに相応《ふさわ》しい人間になろうと、たゆまぬ努力を続けてきた。

昨年起こった国境での争いでは自ら兵を率いて戦い、まさしく軍神のごとき働きを見せたという。

自らの危険をかえりみず、あまたの兵を、ひいては兵の家族である民を救ったアンリは民からの信も厚い。

おそらく、彼は後世に残る名君となるだろう。

八年前──アンリが十四、ソレイユが十一、プリムヴェールは十歳になったばかりのころ──鍛練《たんれん》ですりむけたアンリの手のひらを、プリムヴェールと二人で手当てをしたことがある。

軟膏《なんこう》を塗りこみ、包帯を巻きながら、ソレイユはアンリに尋ねた。「アンリ様、ルイス様がいながら、なぜそこまでご自分を厳しく律しようとなさるのですか?」と。

特段の努力をせずとも、いずれそれなりの領地と爵位を与えられることが決まっている。そして、どれほど頑張ろうとルイスがいる限り、玉座には着けない。

虚《むな》しくはならないのか——と暗に問うたソレイユに、アンリは曇《くも》りのないまなざしで答えた。

「確かに私は兄上の予備だ。だが、たとえ努力が無駄になろうとも、そのときに備《そな》えて生きるのが王族の務めだろう。どうせ跡を継げぬのだからと、ふてくされて遊びほうけるような恥ずかしい男にはなりたくない」と。

思えば、そのときだろう。プリムヴェールがアンリを選んだのは。

ソレイユも少しだが心がゆれた。

けれど、ソレイユが選んだのは、跡を継げる身でありながら、ふてくされて遊びほうけていたルイスだった。

彼は自分に甘い、弱い男だ。

第一王子として生まれたというだけで、努力らしい努力をすることもなく何不自由ない暮らしを送りながら、彼は周囲に認められぬ自分を憐《あわ》れみ、自らの心を慰《なぐさ》めようと、ひらひらと寄ってくる女に片端から手をつけて……

そのくせ、彼は女を信じていなかった。どうせ上っ面。どうせ裏切る生き物だと。

――私のことは、信じているようだけれど。

くすりと笑って、ルイスの頬を指先でなぞると、ん、と心地よさそうな吐息がソレイユの膝をくすぐる。

――本当に、甘ったれでダメな男。

尊大に見えて小心者で疑り深く、愛されたいと願うくせに自分からは愛そうとしない。

一人の女ときちんと向きあうこともなく、ただ一夜のぬくもりと愛情を求めるばかりの男に、まともな貴族の女が本気になるはずもない。

次第に彼の相手をするのは、火遊び目当てのしたたかな女ばかりになっていった。

その自業自得の結果すら、ルイスは自分を憐《あわ》れむ材料としていたのだ。

ああ、やはり私は誰にも愛されない――と。

どこまでも自分に甘い、愚かで、自堕落《じだらく》で、身勝手な、子供のように情けない男。

――けれど……。

膝でまどろむ男を見つめ、ソレイユは胸のうちで頷《うなず》く。

――顔がいい。

ソレイユはルイスの顔を愛している。

――なにせ、ひとめぼれだもの。

それは、ソレイユの六歳の誕生日の少し後のことだ。

王妃が崩御し、それを悼《いた》む厳《おごそ》かな式典で現王の隣に立つルイスに、ソレイユは魂《たましい》から見惚《みほ》れた。

精巧かつ完璧に整った白い顔に憂《うれ》いをたたえた少年は、生きて動いているのが不思議なほど、ただただ美しく、人ならざる生き物のようにさえ見えた。

それからしばらくして、彼が自分の婚約者だと知らされたとき、ソレイユは寝台の上で飛びはねてよろこんだものだ。

少女らしい甘い恋心がなかったと言えば嘘になる。

――あれが初恋、だったのよね……きっと。

月日が流れ、ルイスの自堕落《じだらく》さに磨きがかかり行状が乱れていくにつれ、あのころの燃える想いはゆらいでしぼみ、やがて最後の残り火も消えてしまったが……。

それでも、ソレイユは彼との婚約を解消したいとは思わなかった。

――だって、顔がいいから。

貴族の娘として生まれた以上、政略結婚は半ば義務だ。互いの心など二の次で、家の都合で候補を決められ、選択の余地はあってないようなもの。

心が通えば幸い。どれほど冷えきった仲だろうと跡継ぎは作らねばならず、夜会にも連れだって出席せねば両家の恥になる。

ならば、せめて、一生見飽きぬほど好みの顔をした男がいい。

――この顔ならば、問題ない。

それがソレイユの結論だった。

彼女のその思いを理解しているのは、プリムヴェールと母であるスフェール公爵夫人くらいだろう。彼女たちは誰よりもソレイユの価値観を理解し、尊重してくれている。

ソレイユとプリムヴェールは、姉妹そろって幼い時分から母に言いきかされてきた。

「貴族の娘は結婚に夢など見てはいけません」と。

「ただ、できれば絶対に譲れない、一生かけて愛せる特性のある相手を選びなさい」とも。

ソレイユの母にとって、それは声だったそうだ。

二十数年の昔、「未来の王妃か公爵夫人か」という豪華な選択肢を与えられた美しき伯爵令嬢が選んだのは、壮健な王太子ではなく病弱な第二王子だった。

「弱き者にやさしい人柄に惹《ひ》かれたというのも勿論《もちろん》あるわ。けれど……何よりも、この声ならば、一生聞いても聞きあきないと思ったの。壊滅的に下手な詩も、ぎこちない口《く》説《ど》き文句も悪趣味な閨《ねや》での言葉遊びも、あの声ならば……このうえなく心地よく感じるのよ」

そういって微笑《ほほえ》んだ母は、ひどく満ちたりた顔をしていた。

今、ルイスを前にしたソレイユも、おそらく同じような笑みを浮かべているだろう。

――まったく、血は争えないわね。

ソレイユも、ルイスの顔をながめていると大抵のことがどうでもよくなる。

他の女に笑いかけようが、嫉妬《しっと》の念など湧いてこない。

「ああ、横顔もいい。こちらを向いていては見られないものね。本当に、顔がいい」と溜め息をこぼすだけだ。

他の女と夜を過ごしたと耳にしても、ソレイユの視界に入らないところで彼が何をしていようと興味はなかった。

――この顔を見られれば、それだけでいい。他には何も期待しない。

そう、ソレイユは考えていた。

ただ一つの譲れない特性を満たした時点で無限の評価が加点され、どれほどの減点があろうとも無限は無限、ゼロになることはない。

譲れない特性を満たしてさえいれば、数々の短所は気にならなくなる。

それが、ソレイユの――現スフェール公爵家の女の性質なのだ。

――プリムヴェールは、お得だったわね。

ソレイユの母は声、ソレイユは顔、プリムヴェールの譲れない特性は身体だった。

政略結婚に不可避の子作りにあたって、抱かれがいのある鍛《きた》えぬかれた逞《たくま》しい身体こそ、プリムヴェールの無限加点特性。

生まれもっての骨格もあるが、日々の鍛練《たんれん》を必要とするそれを求めるプリムヴェールは、ソレイユよりも婿選《むこえら》びに難儀するだろうと思われたが――アンリという存在がすべてを解決した。

「あの身体に！　あの心！　あの逞《たくま》しい器《うつわ》に、あの気高い魂《たましい》が入っているのですよ！　お姉様！　ああ！　私、アンリ様という奇跡をこの世につかわしたもうた神に感謝いたします！　ぜったいに！　ぜったいにっ！　アンリ様を！　私の物にしてみせます！」

八年前、彼の血を拭《ぬぐ》った包帯にほおずりをしながら叫ぶプリムヴェールを、ソレイユは微笑《ほほえ》ましく見つめたものだ。

以来、姉妹で協力し、父をふくめ、使える伝手《つて》はすべて使い、アンリの縁談を全力で潰してきた。

アンリやルイスはそれを知らないだろう。

――まぁ、知ったところでアンリ様は怒ったりなどなさらないでしょうね。

むしろ「そこまで、私のことを……！」と感激するかもしれない。

アンリは生真面目《きまじめ》でうぶな男だから。

——生真面目《きまじめ》すぎて、プリムヴェールは暴走しそうだけれど……

婚約前は気軽にじゃれつかせてくれたのに、婚約したとたん、「大切にしたいから」と彼のガードが固くなったそうだ。そのせいで近ごろのプリムヴェールは、いかに偶然を装《よそお》ってアンリと婚前交渉に持ちこむかで頭がいっぱいになっている。

「……お姉様、私、決めました。寝台でだなんて贅沢《ぜいたく》は言いません。オランジェリーでもガゼボでも、木に押しつけられても、地面に押し倒されたってかまわない。婚約期間は半年もあるのに、その間、手を握るのもダメだなんて無理。絶対に、近日中にアンリ様に犯されてみせます！」

ギラギラとした獣のような眼でそう宣言したプリムヴェールは、まず宮廷医師のジョセフを泣き落として、無味無臭、酔いを深める怪しげな薬を手に入れた。

次いで、城や庭園の間取り図を入手し、アンリの行動範囲や一日の流れ、夜会の予定などを入念に調べあげて、とにかく人気《ひとけ》のないところで二人きりになる計画を血眼《ちまなこ》になって練《ね》っている。

——プリムヴェール……恐ろしい子。

きっと彼女ならやりとげるだろう。

だが、顔がいい。

――ルイス様とは覚悟が違うもの。

彼は火遊びに出かけた仮面舞踏会ですすめられるがまま軽率に入手した「媚薬」を、中身を確かめることなく、後日、夜会で庭園へと連れだしたソレイユのグラスに盛った。そして、それを口にしたソレイユが息をつまらせ、胸を押さえて崩れおちたとたんに慌てふためき、大声で助けを求めたのだ。

衛兵と野次馬に次いで駆けつけた宮廷医師と国王に「何をしたのか」と問われた彼は、「媚薬を飲ませたら、急に彼女が倒れたんだ！」と悪びれることなく答えたらしい。

本当に愚かとしか言いようがない。

国王に殴りたおされたルイスは、そこにきてようやく自分のしでかしたことの重大さに気づいたようだが、既《すで》に手遅れ。内密におさめるには目撃者が多すぎた。

またたくまにルイスの所業は社交界、各々の屋敷の使用人、ひいては国中へと広がっていった。

ソレイユの父は自らが病弱ゆえ、弱き者の痛みや嘆《なげ》きによく耳を傾け、私財を投じていくつもの救護院を建てて、多くの民を飢えや病《やまい》から救ってきた。それに加えて、才はあるが後ろ盾がない医師を志《こころざ》す若者への支援にも力を入れている。そのため、スフェール家に恩義を感じる医師は国中に散っていた。彼らに救われた患者も同じだ。

ソレイユ自身も頻繁に救護院への慰問を行っている。

ゆえに、スフェール家の娘であるソレイユへの民の思い入れは、決して浅くない。

スフェール公爵の――ひいては民の怒りを恐れた国王は、ルイスを後継から外さざるを得なかった。

――まあ、私は別段かまわないけれど。

ソレイユは王妃になりたかったわけではない。

母と同じく、公爵夫人でも王妃でも、どちらでもよかったのだ。

ただ、好みの男のそばにいて、その特性を愛《め》でていられれば。

――だから、見捨てないわ。ずっと。

頼まれなくともソレイユは、ルイスのそばに在るだろう。

彼の顔が、美しくある限り。

ふふ、と頬をほころばせ、ソレイユはルイスの髪に指をもぐらせると、そっと、やさしく撫《な》でつけたのだった。

＊　＊　＊

——アンリがプリムヴェールと熱い夜を過ごしたらしい。

執務中、ティーセットのついでに持ちこまれた噂話《うわさ》を、ルイスは鼻で笑って聞きながした。

「あるわけないだろう。馬鹿馬鹿しい」と。

アンリは年ごろの男でありながら浮いた話一つない。それどころか、ふらふらと女性を渡りあるいては「誘われたから応じただけだ」とうそぶくルイスに向かって、「誘われても断ればいいだけでしょう。自分に対してもご婦人に対しても、兄上は無責任がすぎます。自分の欲望一つ制御できず、国が治められますか？　少しは恥というものを知ってください」と真顔で言いはなつような男だ。

その潔癖さを疎《うと》ましく思いつつも、ルイスは若干の尊敬の念さえ抱いている。

——あの生真面目《きまじめ》な堅物が、令嬢の名誉に関わる婚前交渉などするわけがない。

もっとも、少し前のルイスならば、出来のいい弟のスキャンダルによろこび、下世話な好奇心を発揮していたことだろう。

けれど、真実の愛を得た——と信じている今のルイスには、くだらない噂話《うわさ》としか感じられない。

——品のない妄想につきあってやるほど、私は暇ではないのだ。

それは今まで散々やるべきことから逃げ、遊びほうけてきたせいにほかならないのだが、今のルイスには、とにかく時間がなかった。

婚礼までの半年の間に、やるべきことが山ほどあるのだ。

ソレイユとの結婚に伴い、継ぐ者がなく、王領地となっていた土地の中からスフェール公爵領にほど近いヴェルデュールを任され、ヴェルデュール公爵に叙されることになっている。

ソレイユに尊敬される立派な領主になるためには、治める土地の視察は勿論《もちろん》、鈍器と見まごうばかりに分厚い、これまでの領地運営に関する書類にも目を通さなくてはならない。

当然、同じ作業がスフェール公爵家の分もある。

ルイスには知識も人脈も信頼も、公爵家を継ぐために必要な何もかもが足りなかった。

「私はこれほど無知で無能な人間だったのか」と落ちこみもしたが、それでも彼はソレイユに恥じぬ立派な領主となるため、生まれて初めて「努力」というものをしていた。

今度ばかりは「面倒だからやりたくない」と投げだすわけにはいかない。

——まず、叔父上が許さないだろうからな。

愛妻の産んだ愛娘《まなむすめ》の命を危険にさらしたルイスに対して、スフェール公爵の信頼は地に落ちるどころか墓の下あたり、地中深くまで埋まっている。

　ソレイユとの婚約が結びなおされた後も、とても義理の息子へ向けるものとは思えぬ冷たく厳しいまなざしでルイスの一挙手一投足を見守って――いや、監視していた。

　その視線に耐えかねて、ルイスは一度、冗談めかして「はは、嫌だな、叔父上。まるで養鶏場の鶏《にわとり》でも見るような目つきですね」と言ってみたことがある。

「はは、面白いことを言うな、君は」と笑った公爵は、「なぁ、ルイス。卵を産めない雄鶏《おんどり》は早々に潰して肉にするそうだ。何の成果も生みださない無駄飯食らいは、生きる価値もないということだな」と貼りつけたような笑みで吐きすてると、ルイスの返事を待たずに部屋を出ていった。

　王太子として、存在するだけで一定の価値を認められていた今までとは違う。少しでも楽をしようとすれば、ルイスは雄鶏《おんどり》のように潰されてしまうだろう。

　――いっそ、そうなったほうが叔父上は嬉しいのだろうが……負けるものか！　真実の愛が私を待っているのだ！

　ここで諦めたら、ソレイユの隣に立つ未来が閉ざされてしまう。

　この世で唯一、ありのままのルイスを愛してくれた人のためにも、くじけるわけにはいかない。

——真実の愛のためならば、どんな困難だって乗りこえてみせる！

実際、ルイスが本気になって取りくんでみれば、大抵のことはそこまで難しくはなかった。

武芸のほうはアンリを超えられそうにもないが、領主となるにあたって必要な能力を身につけるまでには、そう時間はかからないだろう。

「……まぁ、私が本気を出せば、こんなものということだ。なあ、ソレイユ」

ふふん、と足を組み、誰もいない執務室で、ルイスは窓からのぞく太陽に向かって語りかけた。

私は君に相応《ふさわ》しい、立派な男になってみせるからな——と。

「……今日の鍛練《たんれん》は、これくらいにしておきましょう。兄上、立てますか？」

文句のつけようがないほど立派な弟から差しだされた手を、ルイスは首を横に振って拒んだ。

「……立てる。大丈夫だ」

「そうですか」

さっさと手を引っこめたアンリを睨《にら》みながら、ルイスは、よろよろと立ちあがり深々と息をつく。

シャツをしぼれそうなほど汗みずくのルイスに対して、アンリは額《ひたい》に汗どころか、息一つ乱していない。剣技や体術の技量は勿論《もちろん》、基礎的な体力に差がありすぎるのだ。

――くそ！　わかってはいるが、腹が立つ！

同じ血が流れているのが不思議なほど、アンリとルイスは体格が違う。

少年時代の二人は、似たように華奢《きゃしゃ》な少年だった。だが、十数年という時をかけてアンリは自らを鍛《きた》えあげ、軍神と呼ばれるほどの男になったのだ。

長年の鍛練《たんれん》の差が、ほんの数ケ月で埋まるはずがない。

頭では理解しているが、心はそうもいかず、ルイスの胸には鬱屈《うっくつ》とした思いが渦《うず》まいていた。

――ああ、男として情けないな。私は。

少し前までは、ろくに話をすることもなかったアンリとルイスだが、アンリが王太子となってからは今後について話しあうことが増えた。

その中で、ここ数年、まともに剣を取ったことがないルイスを案じたアンリが「兄上も男なのですから、何かの際、最愛の妻くらいは自分で守れるようになってください」と言いだしたのだ。

そこでルイスは弟から武芸の手ほどきを受けることになった。

その後、こうして日々、短い時間ながらも鍛練《たんれん》を続けているのだが……

──どれだけ頑張ろうと、一生、アンリに勝てる気がしない。

どんよりと気分が沈みかけ、ルイスは天をあおいだ。

西の空へ傾いた太陽が、やわらかな光を訓練場へと注いでいる。

──ソレイユ。私の太陽。

彼女のやわらかな笑みが心に浮かび、ルイスは口元をほころばせた。

──そうだ。情けなくて何が悪い。彼女は、そんな私を愛してくれたんだ。

今がダメでもいい。大切なのは変わることだ。

ルイスは上着の埃《ほこり》を払うと背すじを伸ばす。

さて、帰ろうかとなって、ふと、ルイスは先ほど耳にした噂《うわさ》話を思いだした。

そのまま再び忘れてもよかったのだが、こてんぱんにのされた後だ。少しばかりの意地悪のつもりで、ルイスはアンリをからかってやることにした。

「……ああ、そういえば、侍女が噂《うわさ》をしていたぞ。愛しのプリムヴェールと夜の庭園でお楽しみだったとか？」

からからと笑い、「はは、まったく、女ってやつは想像力が逞《たくま》しいよな！」とアンリの肩を叩《たた》く。それから立ちさろうとして――何の返事もないことに気がつき、ルイスは足をとめた。

「……アンリ？　どうした？」

振りむくと、アンリは、ほどよく日に焼けた肌を、見てわかるほど赤くしている。

「……では、兄上。私も用がありますので、失礼します」

「待て、おい。本当に？　抱いたのか？　あのプリムヴェールを？　おまえが？　え？

あの身体に入ったのか？」

「兄上。たとえ兄弟といえども踏みこんではいけない領域というものがあると思うの

です」

「へえ、そうかそうか。可哀想になぁ。身ごもりでもしたら、せっかく仕立てた婚礼の

ドレスがだいなしになってしまうだろうなぁ」

「兄上！」

怒りか羞恥《しゅうち》か不明だが、アンリは頬どころか首すじや耳まで赤くしている。

「そうかそうか。だが、プリムヴェールは嫌がってはいなかったんだろう？」

「それは……幸い、嫌われるようなことにはなりませんでした」

「それは何よりだ。どうでもいい女に嫌われようが、それこそどうでもいいが、愛する

女に嫌われるのは怖いからな……」

しみじみと語るルイスに、アンリは驚いたように目をみはり、それから、ふっと頬をゆるめた。

「……そうですね」

「そうだろう？」

「どうでもいい女云々《うんぬん》のくだりはともかく、愛する女性に嫌われるのは怖いというのは同感です」

部分肯定をしてくるアンリの律義さに、ルイスは肩をすくめる。

「それにしてもなぁ……おまえともあろう男が、何をどう間違って、そうなったんだ？」

「……酒のせいですよ。プリムヴェールに『私は飲めないので、お酒に強い殿方に憧れてしまいます！』と言われて、つい……」

「見栄をはりたくて飲みすぎたか？」

「そこまでの量ではなかった……と思うのです。自分では大丈夫なつもりだったのですが……彼女と話しながら飲む酒は、本当に美味《おい》しくて……」

「酒より恋人に酔ってしまったと？」

「……はい」

　答えながら、アンリは愛しい恋人の顔を思い浮かべたのだろう。一瞬だが、とろけるような思いだし笑いを浮かべ、すぐにいつもの生真面目《きまじめ》な表情に戻った。

「ほお、それで？　酔った勢いで、そのまま庭園で？」

「まさか！　きちんと私の部屋まで運びましたよ！　あのような場所で事《こと》におよべば、どこの誰が彼女の姿を目にするかわからないではないですか！」

「……おまえにも俗っぽい嫉妬《しっと》心や独占欲があるんだな」

「それは……ありますよ。美しい感情ではないと思いますが……私も、男ですから」

　気まずそうに目をそらしたアンリに、ルイスは目を細める。

　──そうか。こいつも、ただの一人の人間で、一人の男だったのか。

　完璧だと思っていたアンリにも人間らしい醜《みにく》さがあるのだと知って、ルイスは、どこかホッとするものを感じていた。

「そうかそうか。はは、アンリ、おまえからのろけ話を聞く日がくるとは思わなかったな」

「のろけてなど……」

「ああ、甘い甘い。甘すぎて砂を吐きそうだ。まあ、愛しあうのは結構だが、婚礼前に孕《はら》ませるような真似はしてやるなよ。一生に一度の祝いの日に、着たいドレスが着られないのは可哀想だ。夢を奪われた女は根に持つぞ」

ニヤニヤと笑うルイスに、アンリは苦々し気に頷《うなず》く。

「覚えておきます」

「ああ、覚えておけ」

「……ですが、兄上こそ、気をつけたほうがよいのでは？」

「ん？　何にだ？」

「ソレイユのドレスは、ベールを除いて仕立てあがっていると聞いています。兄上のことですから、早々に彼女に迫ったのでしょう？」

妊娠に気をつけるのは、そちらのほうだろう――暗に問われ、ルイスの笑みが強《こわ》ばった。

「……兄上？」

「おまえに言われなくとも、気をつけるさ」

すっと視線をそらしたルイスに何か感じるものがあったのか、アンリの顔に戸惑《とまど》いが広がる。

「まさか……まだ手を出していないのですか？　兄上が？」

「うるさい」

「あれほど散々無責任に女性を食い散らしてきた、理性のかけらもない、下半身で物を考えているような兄上が？」

「おまっ、おまえ……！」

「口付けは？　まさか、それも？」

「まだだ！　悪いか⁉　私は人間の女は山ほど抱いてきたが、彼女は特別なんだ！」

「特別？」

「そうだ！　天使の抱き方を私は知らない！　だから、しかたがないんだ！」

やけになって叫んだルイスを、アンリは奇妙な生き物でも見るようなまなざしでしばらくながめていたが、やがて、表情をやわらげ、微笑《ほほえ》んだ。

「……兄上、私もプリムヴェールを私の天使だと思っています」

「どうした、いきなり……のろけはしないんじゃなかったのか」

「兄上にとって、ソレイユが天使だというのなら……兄上は初めて恋をしたのですね。初めての恋は特別で、愛しい人の背に羽が見えるのだと詩の教師が言っていました」

裏を返せば、彼もそうだということだが、アンリに恥ずかしがる様子はない。

――意外と甘ったるい台詞《せりふ》を素面《しらふ》で言える男なのかもしれないな……

ルイスは弟の意外な一面に驚きながら、照れかくしのように肩をすくめてみせた。

「覚えていないな」

「兄上は、いつも、どの授業も怠《なま》けていましたからね」

「……ふん。おまえが律儀すぎるだけだ」

「そうですね」

「ニヤニヤするな、気味が悪い。……私は、もう行くぞ。さっさと着がえないと風邪をひいてしまう。おまえと違って体力馬鹿ではないからな！」

微笑《ほほえ》まし気なアンリの視線がむず痒《がゆ》く、ルイスは憎まれ口を叩《たた》いて背を向け、歩きはじめた。

――そうか……恋か。私は、恋をしているのか……初めての恋を……

気づいてしまえば、胸の奥がくすぐったく、たまらないような心地になる。

愛だと思うよりも、恋だと思うほうが恥ずかしいのはなぜだろう。

――ソレイユ……会いたいな。

朝、花を届けに行って顔を合わせたが、またすぐにでも彼女の顔が見たい。

しかし、ソレイユは療養中の身だ。何度も訪れて対応をさせては、身体に障《さわ》るだろう。

それも自分の行いのせいだと思えば、ルイスは今さらながらに過去の自分が恥ずかしくなる。

――だが、私は変わる。彼女のために。

初恋の天使に相応《ふさわ》しい男になるために。

そう決意をあらたにして、ルイスは踏みだす足に力をこめた。

＊　＊　＊

三時のお茶の後、スフェール家の自室にて。ソレイユはプリムヴェールと手分けして、見舞いの花に添えられたカードや手紙に目を通していた。

「……今日もお花がたくさん。ありがたいことだけれど、こう毎日だと飾る場所に困るわよね……」

「ええ。人気者も大変ですわね、お姉様」

毎日のように方々から届けられる見舞いの花や菓子は、ソレイユ一人の身に余る。特に花はソレイユの世間的イメージに合わせてか純白のものが多く、寝台の周りに飾って彼女が横たわると、埋葬風景かと見まごうばかりであった。

「ふふ、でも、お姉様、メイドたちには好評のようよ？　おすそわけとはいえ、毎日、枕元にお花を飾って、薔薇《ばら》の砂糖細工が食べられるなんて夢のようだと……」

プリムヴェールの言葉にソレイユは目を細める。

「そう。ならば、私も倒れたかいがあるというものね」

「まぁ、お姉様ったら！　それにしても、これだけあるとお礼をするのも大変……あら、これは？　やっぱり、ガゾン家のスリーズちゃまからね。カードが子犬の形！」

わんわんわん、とプリムヴェールはカードを歩かせ、確認済みの束に重ねると、次の一枚を手に取った。

「……まあ、グルダン家のマルク様？　また送ってきてくださったのね。もう四度目？　律儀なこと。まぁ、一番律儀というか、しつこいというか、とにかく鬱陶《うっとう》しいのはルイス様で間違いないでしょうけれど……ね、お姉様？」

うふふ、と笑うプリムヴェールにソレイユの手がとまる。

「……ねぇ、プリムヴェール。そのルイス様のことなのだけれど……近ごろのルイス様、どこかおかしいと思わない？」

「そう？　ごめんなさい、お姉様。私、近ごろはアンリ様の素晴らしき肉体のことで頭がいっぱいで、他の男のことなど、さっぱり考える暇がなくって、よくわからないわ！」

「……そう。……まぁ、とにかく変なのよ。落ちつかないというのか、そわそわしているというのか、以前は気軽に私の手を握ってきたのに、今は、少し指先が触れただけでサッと引っこめるのよ？　それに気がつくと私のことをジッと見ているくせに、目が合うとサッとそらすの。妙に鼻息が荒いようで、それでいて遠慮がちで……何というか、気味が悪いわ」

眉をひそめるソレイユに、プリムヴェールは、ふふっ、と笑って肩をすくめた。

「あら、そんなの決まっているじゃない、お姉様」

「あら、なぁに？」

「欲求不満で発情してらっしゃるのよ」

「ああ、そういうこと。……そういえば、ルイス様は日替わりディナーのように女性を召しあがっていらしたものね。私が倒れてから、もう、三月近《みつき》く？　毎日出していたものを溜めこんでいらっしゃるのだから、それは様子がおかしくなってても無理はないわよね」

実際のところ、ルイスは初めての恋に戸惑《とまど》うがゆえ、思春期の少年のごとく女性との距離の取り方がわからなくなっているだけなのだが、これまでの彼の言動のひどさのせいで、ソレイユもプリムヴェールもその可能性を思いうかべることはなかった。

「それで、お姉様、どうなさるのですか？」

「……う〜ん。してもしなくてもかまわないけれど……どうしようかしら。きっと、私の体調をおもんぱかって我慢してらっしゃるのよね」

「ええ。ふふ、今のルイス様はお姉様に夢中ですもの。無理に迫って嫌われたくないのでしょう」

「そうね、意外だわ。ルイス様のことだから、愛を盾にして身勝手な欲望をぶつけてくると思っていたのに」

「確かに、ルイス様ならば、自分に対して好意を持つ女性に下半身の世話をさせることに何の抵抗も感じないだろうと思っていましたわ」

ソレイユの友人の一人は、婚約者から「私を愛しているのなら受けいれてくれ」と迫られ、婚礼前に身ごもりたくないと拒んだところ、口での奉仕を求められたという。渋々応じたところ、以後、会うたび求められるようになったそうだ。

「小ぶりなので口にふくむのは楽ですし、早々に果ててくださるので、そこまで苦ではないのですが……とにかく、会うたびにエサを見つけた犬のような顔で迫ってくるのが鬱陶《うっとう》しくて……」

そういって溜め息をこぼしていた彼女を、ソレイユは当たり障《さわ》りのない言葉で慰《なぐさ》めたが、それから彼女の婚約者と言葉を交わす機会があるたび、笑いをこらえるのに苦労している。

とにかく、男性の中には恋人や妻を自分の専属娼婦のごとくとらえる者がいて、ルイスのような甘ったれた男も同じタイプなのではないかとソレイユは思っていたのだ。

「……本当に意外ですわ。媚薬を盛るくらいですし、お姉様の身体目当てだと思っていましたから」

「……そうよね。お父様の目が怖いのかしら」

「ああ。そうかもしれませんわね」

父のルイスへの怒りは根深い。今も尚、日課のごとく朝食の席で「ルイスとの婚約を考えなおす気になったか？」とソレイユに問いかけてくるほどに。

ひそやかに溜め息をこぼすと、ソレイユはプリムヴェールに微笑《ほほえ》みかけた。

「……しかたないわ。ルイス様の安全のためにも、もう三ケ月、婚礼まで我慢していただきましょう」

「それがいいと思いますわ」

「ええ、……それに、せっかくのドレスが、だいなしになるのは嫌だもの」

先日、仕立てあがったソレイユの婚礼のドレスは、一年かけて職人に作らせたシルクタフタの逸品だ。

ベールとそろいのレースが大きくひらいた襟《えり》ぐりと袖口にほどこされ、ソレイユの上半身にぴったりと沿ったデザインになっている。

どの角度から見ても美しく見えるようにと計算された、精緻《せいち》な金糸の刺繍《ししゅう》がぐるりと入っていて、体型の変化に対応しづらいため、孕《はら》みでもしたら大変なことになってしまう。

「ああ、それもそうですわね。……ただでさえ、媚薬もどきのせいで大変でしたものね」

ルイスが盛った薬で倒れたソレイユは、ひどい倦怠感《けんたいかん》と胸の痛みに悩まされ、しばらくはまともに食事をとることができなかった。

ようやく歩けるようになって鏡の前に立ったとき、やつれはてた自分の姿を目にして、なかなかの衝撃を受けた。血色が失せ、げっそりとこけた頬をさすりながら、ドレスが合わなくなったらどうしようと涙をこぼしたものだ。

「一生に一度ですもの。きれいに着たいわよね」

「はい。私も、そう思います」

ソレイユもプリムヴェールも婚姻に夢など見ていないが、婚礼は別だ。

「……ねぇ、お姉様」

「なぁに、プリムヴェール？」

「以前、私が言った言葉を覚えていますか？　花嫁衣装は少女の自分の死に装束だと……」

「……覚えているわ」

婚礼の日は、娘から妻になる特別な日。

もう子供ではいられなくなる日。

できることならば、一番きれいな自分で一番きれいなドレスをまとって、一番きれいな靴を履いて、少女の自分に「さようなら」を言いたい。

そして、一番きれいな少女の自分を皆に覚えていてほしい。

そう、プリムヴェールは言っていた。

ソレイユも同じ気持ちだ。

「でもね、お姉様。私ね、今は少女の私のためではなくて、一番きれいな私を……アンリ様に見せたいと思うの。アンリ様に、この世で一番きれいだと思われたい。私のためではなくて、アンリ様のために、一番きれいな花嫁になりたい。そう、思うようになったのよ……変でしょうか？」

「……いいえ。あなたは、きっと恋をしているのね。身体だけでなく、アンリ様の心が欲しいと思うようになったということですもの」

やさしく微笑《ほほえ》むソレイユに、プリムヴェールは眉を下げた。

「怖いわ、お姉様」

「そうね。心まで欲してしまうのは、怖いことね」

「身体だけでいいのに、どうして余計な物まで気になってしまうのかしら。……身体の代わりなら、いくらでも見つかるけれど、心まで愛してしまったら、代わりがきかなくなるじゃない」

「……アンリ様なら大丈夫よ。あなたの愛を裏切る方ではないもの」

「そうでしょうか」

「そうよ。アンリ様なら、大丈夫。顔を上げて。不確定な未来に怯《おび》えるのは、おやめなさい。あなたらしくないわ。誰にも渡したくないのなら、自分に縛りつける策を練《ね》ったほうが賢明よ」

「私に……縛りつける？」

「そうよ、プリムヴェール。あなたならできるわ」

そっとプリムヴェールの手を握り、ソレイユは力強く頷《うなず》いた。

「はい、お姉様！　私、頑張ります！　アンリ様が他の女では満足できなくなるよう、身も心も虜《とりこ》にしてみせます！」

プリムヴェールも力強く頷《うなず》きを返す。そして、ふと目を細め、ソレイユに問いかけた。

「……お姉様は、どうなの？」

「え？」

「ルイス様の心を求めるのですか？」

「私は……どうかしら」

ソレイユは目を伏せた。

以前はルイスの心など、いらなかった。

愛を捧《ささ》げたところで、返ってはこないだろうと思っていたから。

それはきっと返事のこない手紙を出しつづけるようなもので、期待をするたびに傷つき、いつかは虚《むな》しさを覚え、やがて怒りへと変わるだろう。

それは、とても惨めなことだ。

過去も現在も、そのような未来をソレイユは望んでいない。

けれど、ここ数ケ月のルイスは、人が変わったようにソレイユに夢中だ。

だから迷う。

今の彼ならば、心まで求める価値があるだろうか、と。

「……わからないわ、プリムヴェール。人は簡単には変わらない。アンリ様は、ずっと、あのままでしょうから、あなたは臆せずに愛すればいい。けれどルイス様は、元々は怠《たい》惰《だ》で甘ったれな屑《くず》だもの」

「そうですわね」

「今は張りきっていらっしゃるけれど、いつまた元のルイス様に戻ってしまうかわからないでしょう？　だから……」

「だから、心は必要ないと？」

「……今は、様子見ということよ」

ソレイユは「いらない」とは言わなかった。

ふむ、とプリムヴェールが頷《うなず》く。

「……つまりは、お姉様、少しだけ期待してらっしゃるのですね。ルイス様が心まで愛するに値する、まともな男になることを。……そうでしょう？」

悪戯《いたずら》っぽく問われ、ソレイユは首を傾《かし》げる。

——期待……そうね、期待しているわ。顔だけでもいいけれど、中身もよければ、お得だもの。

にまにまと笑うプリムヴェールの頬をつついて、ソレイユは頷《うなず》いた。

「……そうね、ほんの少しくらいは期待してみるわ」

小さじ一杯分ほど、こぼしても大して損はないくらいの淡い期待を胸に抱きながら。

第二章　名犬志願と退屈な晩餐《ばんさん》。

「……さあ、どうぞ。焼きたてですわ」

ことり、とソレイユはルイスの前に白い陶器の皿を置いた。皿の上には、こんがりとした焼き色がこうばしいバタービスケットが並べられている。

「私のために焼いてくれたのか!?」

「勿論《もちろん》ですわ……と言いたいところですけれど、救護院への慰問にと用意した物です」

「そうか……」

あからさまにシュンとしたルイスは、けれどすぐに笑顔を取りもどす。

「では、重要な味見役を務める名誉をたまわったということだな！」

「あら、ルイス様。私のビスケットの味に、ご不安が？」

「っ、いや！　ない！　ないとも！　君の作るビスケットは最高だ！　宮廷の菓子職人ですら遠くおよばぬ至高の味だとも！」

「ふふ、光栄ですわ。……さぁ、どうぞ」

一枚つまんで、そっと彼の口元に差しだせば、「いただきます」とルイスは、ぱくりとソレイユの指ごと食いついた。

「んっ、もう、ルイス様ったら！」

指を引きぬき甘く叱《しか》りつけるが、ルイスは反省する様子もなく「むふ」と幸せそうに目を細め、サクサクとビスケットを味わっている。

「……ん、うまい。世界で一番美味《おい》しいビスケットだ」

「まあ、大げさですこと。でも、嬉しいですわ」

クスクスと笑って、ソレイユは新たな一枚をつまみあげた。

一枚、もう一枚と、ねだられるままに与えつづけ、一皿まるごと胃におさまったところで、喉の渇きを覚えたのだろう。ルイスは藍地《あいじ》に金彩の縁取《ふちど》りがほどこされた瀟洒《しょうしゃ》なティーカップに手を伸ばした。

こくりと一口喉を潤《うるお》し、ふと、手をとめる。

「ああ、そうだ。救護院で思いだしたんだが、父上からいただいた領地について調べたところ、どうも叔父上のところと比べて子供の犯罪が多いようなんだ。だから、私が領主になる記念に孤児院を建てようと思っている」

衣食住が満たされれば、生きるために手を汚す必要はなくなるだろう。

「ついでに羊も増やすつもりだ」

糸紡ぎは女性の仕事だ。毛織物が盛んになれば、自然、女性の働き口が増える。子を捨てねばならない貧しい母親も少しは減るに違いない。

「……そうですわね。母と子、両方への支援が必要ですものね」

すぐに捨て子は減らなくとも、しっかりとした孤児院さえあれば、母親は安心して子を捨てられる。母子で飢え死にするよりも、せめてこの子だけはと願いを託して。

そうして、どうにか別々に生きのびて、まともな職に就けたなら迎えに行く――ということも、できるかもしれない。

捨てる母親、捨てられた子供、両方を減らせば、自然と子供の犯罪件数も減少していくはずだ。

ルイスは「ああ！　名案だろう？」と瞳を輝かせ、ふと何かに気がついたように言葉を切って、美しい顔を曇《くも》らせた。

「……叔父上の猿真似《さるまね》の偽善だと、馬鹿にされるだろうか」

ルイスの問いにソレイユは微笑で答えた。

「いいえ。たとえ、そう噂《うわさ》する者がいたとしても、気にすることはありませんわ。追いつめられた子供たちに必要なのは、まず暖炉と温かなスープと安全な寝床です。そして、母親に必要なのは説教よりもパンを買うための銅貨。救われた者たちは、きっとルイス様――ヴェルデュール公爵殿下の行いを忘れないでしょう」

ソレイユは、ニッコリと目を細める。

「子供たちが大人になり、よき民となるころには誰も笑う者はいなくなりますわ」

「そう、なるかな」

「ええ、なりますとも」

しっかりと頷《うなず》きながら、ソレイユは内心驚いていた。自分のことしか考えられなかったルイスが、民のことを案ずるようになったとは。

それが婚約者にいいところを見せたいがためであったとしても、嬉しい変化だ。

「……あなたを誇りに思いますわ、ルイス様」

「えっ」

ソレイユの言葉にルイスは息をのみ、またたきを一つして、くしゃりと顔を歪《ゆが》ませた。まるで、泣きだすのをこらえるように。

おや、とソレイユは首を傾《かし》げる。てっきり、大はしゃぎで「もっと褒《ほ》めてくれ！」とねだってくると思っていたのだが。

「……誇りに思うなどと言われたのは……初めてだ」

しみじみとした言葉に、今度はソレイユが息をのむ。

王太子でありながら、そのような言葉一つ与えてもらえなかったのか——と。

今まで、ただの一度も。

おおむね自業自得とはいえ、ルイスが抱えてきた寂しさに触れて、ソレイユは、きゅんと胸が締めつけられる心地がした。

「……これからきっと、そう思い、口にする者も増えていきますわ」

「はは、そうか。嬉しいな……！」

ルイスは潤《うる》む瞳をもう一度またたかせ、照れかくしのように視線をそらす。

「……ああ、そうだ。ソレイユ、今日は昼に出かけたそうだな。どこへ行っていたんだ？」

「友人のところですわ」

「誰のところへ、何をしに？」

「あら、お知りになりたいのですか？」

「勿論《もちろん》。君のことならば、何でも知っておきたいんだ！」

真剣なまなざしで告げられ、ソレイユは面倒くささと微笑《ほほえ》ましさがないまぜになった、不思議な気持ちになる。

このような質問は初めてではない。最近のルイスのソレイユへの執心と忠心は高まるばかりで、どこに行ったか、誰と話したか、気に入った品々などを逐一知りたがる。鬱陶《うっとう》しいといえば鬱陶《うっとう》しいが、可愛らしいといえば可愛らしくもあった。

「ふふ、何でもは無理ですわ。ルイス様といえども、教えられない乙女の秘密もありますのよ」

「そ、そうか……では、教えられることはすべて教えてくれ」

「ええ、よろしくってよ」

くすりと笑って、ソレイユは昼に訪れた友人の屋敷へと思いをはせた。

「……ガゾン家でハウンドの子犬を見せていただきましたの」

「ガゾン家……犬貴族か」

ガゾン伯爵家は優秀な猟犬の飼育と繁殖で名を知られている。王が狩りに伴う犬も、その多くがガゾン家の出身だ。

代替わりしたばかりの現当主の趣味で、近ごろは小型のテリアの飼育にも力を入れていて、昨年、スフェール家にも一頭、婿入《むこい》りしていた。

「はい。ふふ、本当に小さくて可愛らしかったですわ。あれほど勇猛な猟犬になるとは、信じられないくらい……」

両手に乗せた小さく温かで、ぽってりとした生き物を思いだし、ソレイユは頬をゆるませる。

「白と黒のぶちが鮮やかで、私の小指を、ちゅぱちゅぱと吸うものですから、くすぐったくて……愛嬌《あいきょう》というものが形をなしたら、このような姿をしているのだろうな、と思いました」

「……そうか。ソレイユは子犬が好きなのだな」

「はい。……実は我が家にも、もう少しで生まれますのよ。小さなテリアの子ですけれど。乳離れをしたら、私、毎晩、眠る前にブラッシングをして寝かしつけてあげるつもりですわ」

うっとりと語るソレイユに、ルイスは、ムッと眉をひそめた。

「……それほど子犬が好きなのか。子犬なんて、転がってキュンキュン鳴くだけじゃないか！」

すねた声音に、ソレイユは溜め息をつく。

「ルイス様。嫉妬《しっと》をするのはおやめになって。子犬は子犬、ルイス様はルイス様。比べるようなものではありません」

「……それはそうだが……やはり、羨《うらや》ましい」

唇をとがらせ呟《つぶや》いたルイスが、そこでハッと瞳を輝かせる。

「ソレイユ！　名案が浮かんだぞ！」

嫌な予感しかしなかったが、ソレイユは尋ねた。

「……何でしょうか」

「本物が育つまで、私が子犬になってやる！」

「……はい？」

「子犬と違って芸もできるし、色々と役に立つぞ！」

何を言っているのだ、この男は――ひそやかにソレイユは溜め息をついた。

「さようでございますか……芸とは、たとえばどのような？」

「どのような？　……お手かな？」

ソレイユは静かに手のひらを上に向け、ルイスの前に差しだす。

「お手だな！　よし！　お手！」

ぱしんと元気のいい「お手」がくる。

ソレイユは無言になった。これをできたところで「すごい！」と褒《ほ》めてよいものだろうか。

「……ダメか？　確かに初めてだから、本物の『お手』には敵わないと思うが……だが、これだけではなくて……あ、鼻パク！　鼻パクができるぞ！」

鼻パク――ガゾン家で猟犬のおやつタイムに見せてもらった芸だろう。マズルの上にビスケットをのせて、ひょいと落として空中でパクリとキャッチする可愛らしい技だ。

――どうやって覚えたのかしら。

「父上の猟犬がするところを見ていて、真似してみたらできたんだ！」

「……さようでございますか」

ソレイユは何ともいえない生温《なまぬる》い笑みを浮かべ、そっとルイスの髪を撫《な》でた。

「……残念です。ビスケットを残しておけば、ルイス様の立派な芸が見られましたのに……ぜひ、拝見したかったです」

ソレイユの言葉にルイスは碧玉《へきぎょく》の瞳を輝かせた。

「そうか！　見せられなくて残念だ！　後は、そうだな……君の犬は何ができる？」

「……我が家の犬は、そうですすわね……失せ物探しができますわ。お母様が指ぬきやらハンカチやらをよく失《な》くされるので、『追跡訓練を受けた犬を譲ってほしい』とお父様がガゾン家に頼まれたのです。それは見事な探偵ぶりですわ」

ふんふんと小さな鼻で嗅《か》ぎまわり、迷うことなく落とし物へと導いてくれる。

「つい先日も、お母様の扇《おうぎ》が失《な》くなったのですが、お願いしてすぐ、くんくん、タタッと庭に駆けていって、咥《くわ》えて戻ってきてくれました」

「それは、すごいな……できるだろうか……」

ルイスは、ううむ、と迷って、それでも、きりりと顔を上げて宣言した。

「よし、やってみよう！」

できるわけないでしょう——とは口にせず、ソレイユはニコリと微笑《ほほえ》む。

「まあ、楽しそう」

「ああ。では、宝物役は君だ」

「え？」

「そして犬の私は、隠された宝物を匂いを頼りに探しだす！　どうだ、楽しそうだろう？」

「……わかりました。やってみましょう」

一度試せば気が済むだろう。

「我が家の犬よりも、すごいところを見せてくださいまし」

そう言って悪戯《いたずら》っぽく微笑《ほほえ》めば、ポッとルイスの瞳に熱がともった。

「……ああ、見せてやるとも！　この私の名犬ぶりをな！」

ゆったりと立ちあがり、差しだされた彼の手に手を重ね、ソレイユも席を立つ。そっと引きよせられ、彼の胸へ。

それから、くるりと回されて、背中から抱きしめられるような恰好になった。

「ルイス様？」

振りあおいだ拍子に、さらりと首すじにこぼれた巻き毛を長い指がよける。ふっと吐息がつむじをくすぐり、結《ゆ》いあげた髪に口付けが落ちた。

「……まずは、匂いを覚えないとな」

ひそやかな甘い囁《ささや》きに、ソレイユの鼓動が跳ねる。ルイスの鼻先が髪に埋まり、すん、すんと吸われて、ポッと頬が熱を持つ。

――これは……恥ずかしいわね。

ルイスは飼い主の匂いを堪能《たんのう》する犬のように、すんすんと髪からうなじへ嗅《か》いでいき、耳の後ろへと鼻先を押しつけ、はふ、と息をついた。

「ん、……ルイスさま、くすぐったいです」

くびすじをなぞる吐息は熱く、くすぐったさと――それだけではない、どこか奇妙な甘い痺《しび》れがソレイユの肌の奥をざわつかせる。

「……すまない。でも、これが君の匂いか……いつもの香水はつけていないのだろう？」

「え、ええ。犬は香水が苦手ですから」

愛用しているライラックの香水はルイスから贈られた品だ。ほんのり淡い香りだが、それでも生後間もない子犬の鼻には強すぎるだろうとつけずに行った。

「そうか。素でこれならば、君は花の化身なのかもしれないな。甘くて、癖になりそうだ……ああ、どうしよう、ソレイユ……すごくドキドキする。こんな気持ちは初めてだよ」

女の肌の匂いなどいくらでも嗅《か》いできただろうに、今さら何を言っているのだろうか。そのような意地悪な気持ちが半分。

もう半分、いや三分の一、いや一割ほどだけは、ルイスの「初めて」という言葉を嬉しいと感じる自分がいて、ソレイユは驚いた。

――どうしてかしら……別にルイス様の初めてなんてどうでもいいはずなのに……

以前は考えたこともなかった。彼の初めての恋や口付けや抱擁《ほうよう》が誰に捧《ささ》げられていたとしても、自分には関係のないことだと思っていたから。

――心が気になりはじめたということ……？

顔だけではなく、中身まで自分に向けてほしいという欲望が出てきたということなのだろうか。

「もっと、しっかり覚えさせてくれ」

そう囁《ささや》いたルイスに、胸元を隠す絹のフィシューを引きぬかれる。その手慣れた様子に微《かす》かな不快感を覚え、またしてもソレイユは驚いた。

――まさか、私、嫉妬《しっと》をしているの……？

過去にルイスと遊んだ女性たちに。

――いやだわ……まるで恋する乙女のよう……

ソレイユは、すっかり忘れていた恋心との再会の予感に、ひそやかに溜め息をこぼすと、そっとルイスの手をほどき、身を離した。

――ダメよ。まだ早いわ。

ルイスに恋をするには。彼を信じて、心をあずけるのには。

「ソ、ソレイユ？」

うろたえたようなルイスの声が響く。

「――すまない、つい夢中になってしまって！　私はただ君の匂いを覚えたかっただけで、決して不埒《ふらち》な真似をするつもりは……したくはあるが、なかったんだ！」

正直すぎる弁解の言葉に、ソレイユは小さく噴きだした。

「勿論《もちろん》、わかっておりますわ」

ふふ、と笑った彼女は淡いブルーのダマスク織のドレスの裾《すそ》をひょいとつまむと、ふわりと振りむき、小首を傾《かし》げて問いかける。

「さあ、ルイス様、ゲーム開始といたしましょう。きちんと私を覚えていただけましたかしら？」

悪戯《いたずら》っぽく問うと、ルイスは碧玉《へきぎょく》の瞳を輝かせ「ああ、バッチリだ！」と頷《うなず》いた。

「どこに隠れても見つけてみせるぞ！」

「あら、頼もしい」

くすりと笑って、ソレイユは「では、私が部屋を出て、二十数えたら探しに来てください」と言いおき、サンルームから逃げだした。


「……さて、どうしようかしら」

カツカツと廊下を進みつつ、ソレイユは頭をめぐらせる。

まさか本当に匂いをたどって見つけられるとは思ってはいない。これは、ただのお遊びだ。

可愛らしくカーテンの後ろにでも隠れるか、それとも、本気で見つからないところを探してみるか。

迷いながら廊下の突きあたり、従僕があけた扉をくぐったところで、「ソレイユ！」と勢いよくサンルームの扉がひらく音がした。

「待っていろ！　絶対に見つけてやる！」

高らかなルイスの声が響く。

ソレイユは、ふっと微笑《ほほえ》んで「閉めてちょうだい。しばらくはあけないで」と従僕に声をかけ、ドレスの裾《すそ》をつまんで足を速めた。

小さな絹の靴に包まれたつまさきは、自然とロング・ギャラリーに向かう。

ずらりと南向きの窓が並ぶロング・ギャラリーは、かつては日光浴や屋内での運動に使われていたが、現在は、父が趣味で集めた絵画や家族の肖像画を飾る展示室になっている。

あの部屋ならば、少しくらい追いかけっこをしても大丈夫だろう。

玄関ホールを通り抜け、階段を上がり、ロング・ギャラリーへと飛びこんだときには、すっかりソレイユの息は上がっていた。

「……っ、はぁ」

ふう、と胸を押さえて扉を閉め、傾く陽ざしが満ちる部屋をゆっくりと進んでいく。

一番手前の額縁の中では、咲きほこる庭園の薔薇《ばら》を背に純白の衣装をまとった男女が仲睦《なかむつ》まじく寄りそっている。身体の弱い父が「きっと子供が育つまでは生きられないだろうから、一番幸せな時を残しておきたい」と、宮廷画家に描かせた婚礼の図だ。

その隣には、赤子のソレイユを腕に抱いた母と父の姿、さらに隣には幼いソレイユと生まれたてのプリムヴェール、家族四人の肖像画がかかっている。

そうして少しずつ育つ家族の姿をたどっていって、部屋の中ほどで現在の姿に追いついた。

仕上がったばかりのその絵は、おそらく、親子四人で描かれる最後の一枚になるだろう。その先の肖像は、まだない。雄大な風景画や美味《おい》しそうな静物画が壁面を埋めている。滞《とどこお》りなくソレイユがルイスと結ばれれば、風景画に代わって、次期公爵夫妻の肖像画が掲《かか》げられることになるだろう。

──お父様は、嫌がりそうだけれど……

くすり、と微笑《ほほえ》んだところで、がちゃり、と背後で音がした。

「見つけたぞ！　ソレイユ！」

意気揚々《ようよう》とした声に振りかえると、満面の笑みのルイスが扉から顔をのぞかせている。

「……つかまえた！」

猟犬のごとく走ってきた彼に抱きつかれ、抱えあげられ、クルリクルリと回されて、ソレイユはきゃあ、と悲鳴を上げた。

「もう、ルイス様、下ろしてください！」

「ははは！　見ろ、ソレイユ！　私は迷うことなく君を見つけだしたぞ！　大したものだろう！　私は君の犬より優秀だ！」

さあ、褒《ほ》めてくれ！　――と促《うなが》され、ソレイユは違和感を覚える。

「……ルイス様、上着はどうなさいましたの？」

サンルームで向かいあっていたとき、ルイスは金のブレードと刺繍《ししゅう》で飾られた鮮やかな緑の上着を身につけていた。今は、上着と共布のベストと白いシャツのみだ。

「……え、ええと……上着は……」

ソレイユの問いに、なぜかルイスは視線を泳がせた。浮かんだ汗の粒が、彼のこめかみを伝う。

「暑いので脱いできた」

「まあ、どこに？」

「……図書室に」

「あら、図書室にまで行かれたのですか？」

図書室は屋敷の反対側に位置する。ということは、ルイスは、ソレイユの匂いを追ったわけではなく、屋敷中を捜しまわったのだろう。

「ルイス様」

ソレイユの声音に彼は気まずそうに眉を下げる。

「……嘘はいけませんわ」

憎らしいほど形のいい鼻をきゅっとつまんで叱《しか》りつけると、ルイスは澄んだ春空のような瞳をじわりと潤《うる》ませた。

「……ずばない」

しょんぼりと謝られて、ソレイユは頬をゆるめる。

「残念ながら、名犬には、なれそうにもありませんわね」

ちょこんと鼻をつついてやると、ルイスは「うう、無念だ」と目を伏せる。白い頬に長い睫毛《まつげ》が影を落とし、翳《かげ》りを帯《お》びたその顔は、美しい彫像のようだ。

ミュージアムに展示をすれば、「この麗《うるわ》しき青年は、いったいどのような深い苦悩を抱えていたのだろう」と観る者の心を切なくゆさぶるに違いない。

――本当に、どうしようもなく顔がいい。

ソレイユは唇をほころばせ、ハンカチを取りだしてルイスの額《ひたい》の汗をそっと押さえた。

「……ソレイユ？」

「名犬にはなれずとも、こうして必死に私を捜しまわってくださったこと、嬉しく思いますわ」

「えっ」

「ルイス様の私への想いは、確かに伝わりましたもの」

「ソレイユ……！」

碧玉《へきぎょく》の瞳が歓喜と恋情をたたえ、星のようにきらめく。

「……ああ、そうだ。鼻のよさでは勝てずとも、君への愛ならば、君の犬にも負けはしない！」

真摯《しんし》なまなざしで告げながら、ルイスはソレイユの腰を引きよせ、微笑《ほほえ》んだ。

「私は世界で一番の……君だけの忠犬だ」

甘い声が耳をくすぐる。そうっと頬を撫《な》でられ、ざらりとした感触にソレイユは目を細めた。

——剣を握る男の手だわ。

背に感じる腕も、以前の軟弱なルイスとは違う。しなやかだが、逞《たくま》しいと称しても過言ではないほどの筋肉がついているのが感じられる。

——プリムヴェールが言っていたわね。『筋肉は嘘をつきません！』と……

取りつくろうことのできない努力の証《あかし》なのだと。

——本当に、頑張ってらっしゃるのね。

ソレイユはルイスの手に手を重ね、やさしく微笑《ほほえ》んだ。

「……嬉しいです。ルイス様が私だけの物だなんて……ずっと、そうなったらいいのにと願っておりましたから」

「っ、……ソレイユ」

ルイスが息をのみ、パチリと瞳をまたたかせ、きゅっと唇を引きむすぶ。そして、ふわりとゆるめて……目をつむり、おずおずと顔を寄せてくる。

ソレイユは拒まなかった。ギリギリのところまで世にも美しいかんばせをながめ、そうっと目を閉じる。やがて唇を熱い吐息が撫《な》でて……

「――何をしている、おまえたち」

低い男の声が響いた。

「っ、叔父上!?」

「お父様？」

慌てて身を離して振りむくと、ロング・ギャラリーの扉がひらかれ、苦虫を噛みつぶしたような顔のスフェール公爵が二人を――主にルイスを睨《にら》みつけていた。

「……お帰りなさいませ、お父様」

「叔父上、お早いお帰りで――」

「ああ、ただいま、ソレイユ。我が愛しき娘よ、今帰ったよ」

ルイスを睨《にら》みつけながらも彼の言葉など聞こえなかったようにふるまう父に、ソレイユは苦笑まじりに問いかける。

「……お父様は、どうしてこちらへ？」

いつもならば、帰ってすぐに母の部屋へと走り、夕食の用意が整うまでそのまま愛を語らいあっているはずだ。

「ああ、マルクが新しい肖像画を観たいというのでな……」

あら、とソレイユは父の背後に目を向けた。そこにほっそりとした立ち姿の黒髪の青年を認め、ふわりと笑みを作る。

「ごきげんよう、マルク様」

声をかけられた青年は、パチリ、とヘーゼルの瞳をまたたかせると「ごきげんよう、ソレイユ様」と早口で答え、はにかむように睫毛《まつげ》を伏せた。

——相変わらず、内気でいらっしゃるのね。

マルクはグルダン伯爵家の三番目の息子で、父が支援する医師の卵の一人だ。

顔だけならば、ハッと人目を惹《ひ》くほどに整っているのだが、不思議なくらい自分に自信がない男で、人の目を見るのが怖いのだという。

六年程度のつきあいになるが、ソレイユはマルクとまともに目を合わせて話したことが、思いかえす限り一度もない。もう慣れてしまったものの、最初のころは戸惑《とまど》ったものだ。彼が何を考えているのか、いま一つ読みとれなくて。

――ルイス様とは正反対。

ソレイユはルイスの顔が好きだが、なかでも瞳が一番好きだ。

呆《あき》れるほど素直に感情を映す、陽ざしにきらめく海の色。彼が何を考えているのか、その瞳をのぞきこめば手に取るようにわかる。

今もソレイユを見つめるルイスの瞳には、「あと、少しだったのに！」という落胆と恋慕《れんぼ》の色が、ありありと浮かんでいた。

「……ルイス、そろそろ夕食の時間だ。城へ帰れ」

話しかけるのも忌々《いまいま》しいといった口調で父がルイスに告げる。

「あの、ですが叔父上、たまには私も夕食をソレイユと一緒に……」

「ダメだ。おまえの顔を見るとせっかくの料理が不味《まず》くなる」

「……そうですか」

しょんぼりと肩を落としたルイスが、ハッと顔を上げた。

「その男は同席するのですか？」

「ああ」

こともなげに頷《うなず》かれ、ルイスは悋気《りんき》に燃える瞳をマルクへと向ける。

「ソレイユの婚約者である私をさしおいて、なぜその男が？　なぜです、叔父上!?」

「……マルクは、私の救護院に勤めることが決まった。ようやく家を出て、一人前の医師となる。今日は、その祝いなのだ」

淡々とした父の説明に、ルイスの瞳から、ぷしゅうと水をかけたように激情が消えた。

「……祝いならば、まあ、しかたがないかもしれませんが……」

グルダン家は決して裕福な家柄ではない。大した領地も資産も持たない伯爵家の三男坊が、ようやく自活の道を見つけた。その価値がわからないほど、間抜けでもないのだ。

王位継承権を失い、一度は放逐《ほうちく》されかけた今のルイスならば、尚さらだろう。

「まあ、おめでとうございます！」

口ごもるルイスの腕をなだめるように撫《な》でて、ソレイユはマルクに微笑《ほほえ》みかけた。

「我が国に優秀な医師がまた一人、増えるのですね。楽しみですわ。ねえ、ルイス様？」

「……ああ、そうだな。おめでとう、マルク」

「もったいないお言葉です」

マルクが深々と頭を下げ、父が満足そうに頷《うなず》く。

「ああ、まったくめでたい。そういうことでな、ルイス。せっかくの祝いの席に、おまえがいてはマルクが気詰《きづ》まりだ。帰れ」

「……わかりました」

「では、玄関までお見送りいたしますわ。お父様、かまいませんわよね」

「……わかった。今日の夕食は正餐室《せいさんしつ》でとる」

「まあ、楽しみですわ。では、後ほど……」

そう言って優雅に腰を落としたところで、「あの、ソレイユ様！」とマルクが声を上げた。

「はい、何でしょうか」

ソレイユが首を傾《かし》げると彼は口ごもり、父が「ああ、そうか」と頷《うなず》く。

「……マルク、花を。ソレイユ、マルクが見舞いの花を持ってきてくれたぞ」

父の言葉にソレイユは「まあ」と目を見ひらいた。おずおずと父の背後から進みでてきた青年の腕には、小ぶりだが美しい白百合《しらゆり》の花束が抱えられている。

「……せっかくお屋敷にうかがうのですから、できれば直接お渡ししたくて……」

目を伏せたまま差しだされた花を受けとり、ソレイユは微笑《ほほえ》む。

「ありがとうございます。美しい白百合《しらゆり》ですわね」

「……天使のようなあなたに相応《ふさわ》しい、無垢《むく》な花です」

「まあ、お上手ですこと。さっそく……」

ソレイユは頭をめぐらせた。どの部屋の花瓶なら空《あ》いているだろうか。

思いつかずに、とっさに口からこぼれたのは――

「サンルームに飾らせていただきますわ」

「待て、ソレイユ。あそこには私の花があるだろう！」

「……ルイス様のお花は、私の部屋に移します」

肩をつかまれたソレイユは、振りあおぎながら答える。花瓶から水差しに移しかえたところで、ルイスはソレイユの部屋にさえあれば文句は言わないだろう。

「そうか！　ならばよい！」

「納得していただけて何よりですわ」

あっさりと機嫌をなおしたルイスにソレイユは、ふう、と溜め息をついて――視界の端に見えたものに、え、と息をのんだ。

「ん？　どうした、ソレイユ」

「いえ、別に」

ルイスの問いに、首を横に振る。

――気のせいかしら、今、マルク様が……

向きなおって目にしたマルクは、いつものように気弱な笑みを浮かべて視線を伏せていた。

「……では、お父様、マルク様、後ほど晩餐《ばんさん》で」

「ああ、ソレイユ。玄関までいいからな。何なら、そこの扉までいい。さっさとその厄介者を屋敷の外へ放りだしてきなさい」

「まあ、お父様ったら。……ルイス様、まいりましょう。きちんと玄関までお見送りいたします」

ソレイユはルイスを促《うなが》し、白百合《しらゆり》を抱えてロング・ギャラリーを後にした。


「――私も何か成しとげれば、いつかは晩餐《ばんさん》に呼んでもらえるだろうか」

ルイスに手をとられて階段を下りながら、ソレイユは慰《なぐさ》めるように微笑《ほほえ》んだ。

「頑固な父で、申しわけありません」

「いや、叔父上が私を信用できないのも、嫌うのも当然だ。当然だが……それでも、私は君と同じテーブルに着きたい」

悩まし気に眉をひそめて、ルイスは長い睫毛《まつげ》を伏せる。

「……城の食事は上等だ。だが、君がいないというだけで味気なく感じてしまう。どうしても一味足りない。ここに君がいてくれたならどんなに幸せかと、毎晩思う。君を見つめながら食べる晩餐《ばんさん》は、さぞ美味《おい》しいだろうなと……」

「……まあ、まるで私を調味料か何かのようにおっしゃるのね」

「ああ。君は最高の調味料だ。よく言うだろう？　愛こそ最高の調味料だと……早く、味わってみたいよ」

すっと手をとられ、指先に唇を押しあてられて、くすぐったさにソレイユは目を細める。

「まあ、ルイス様ったら、いやらしい」

「えっ、いや、違う！　違うからな！　君と同じテーブルに着きたいという話で、決して、いやらしい意味では……」

「ふふ、ルイス様。もうしばらくの辛抱ですわ。夫婦になれば、嫌でも毎晩同じテーブルに着くことになります。……そうすれば、いくらでも味わっていただけますから」

思わせぶりに声をひそめて囁《ささや》けば、ルイスの喉がごくりと上下する。ぱちりぱちりと碧玉《へきぎょく》の瞳がまたたいて「はは、楽しみだなぁ」と上ずった声がソレイユの胸をくすぐった。

「……ああ、そうだ」

階段を下り、ホールに二つの足音が響く。

「ソレイユ、晩餐《ばんさん》でマルクに愛想よくしすぎるんじゃないぞ」

「まあ、どうしてですの？」

ソレイユが足をとめて首を傾《かし》げると、ルイスは、ひょいと片眉を上げて目を細めた。

「大人しい奴ほど、思いつめたときが怖いからな。地下のガスと同じだ。知らぬ間に溜まって、ふくれて、ある日突然、爆発する」

ルイスの言葉に、ソレイユは先ほどのマルクの表情を思いだした。

一瞬だが視界の端で、彼が不快気に唇を歪《ゆが》めたように見えたのだ。寄りそうルイスとソレイユを上目遣いに睨《にら》みつけながら。

――気のせいだと、思っていたけれど……

ぞわりと肌が粟立《あわだ》つ感覚に、ソレイユは俯《うつむ》き、身を震わせる。

「――ということだから、ソレイユ、あいつの目を見るな。笑いかけるな。できれば会話もしないでくれ。婚約者の私をさしおいて、君と同じテーブルに着けるだけでも、あいつにはすぎたる僥倖《ぎょうこう》なんだからな！」

得意気なルイスの言葉にソレイユは顔を上げた。

「ん？　どうした、ソレイユ？」

きょとんと首を傾《かし》げるルイスをながめ、ソレイユは目をすがめる。

――真剣に助言をしてくださったのかと思ったら……ただの嫉妬《しっと》じゃないの。まったく、もう、ルイス様ったら！

マルクを疑ったことを心の中で詫《わ》びて、ルイスの脇腹をつねってやる。

「会話をしないのは無理ですわ。礼儀知らずな娘だと呆《あき》れられてしまいます。支援者の娘として、成果を祝うのは義務のようなものですもの。ルイス様ったら、私を笑いものになさりたいの？」

すねたそぶりで言うと、ルイスは慌てたようにソレイユの腰を抱きよせた。

「すまない、そんなつもりでは……あいつが羨《うらや》ましくて……つい……許してくれ」

しょんぼりと謝る彼に、ソレイユは「ふふ、冗談ですわ」と笑いかけ、再び歩きはじめる。

「……ああ、そういえば、上着。どういたしましょう。今から、取りに行かれますか？」

「いや。ウロウロしていると叔父上にまた怒られそうだ。明日も来るから、そのときでいいだろう」

「そうですか。……私のフィシューは上着のポケットに？」

何気なくかけた問いにルイスが足をとめる。

「ルイス様？」

「……ええと、そうだな、たぶんそうだ。だが、もしかすると、君を捜しているときに落としてしまったかもしれない。見つからなければ、新しいものを贈るよ！」

「……ルイス様、今、ポケットを調べさせていただいてもよろしいですか？」

ソレイユの言葉に、ルイスはベストのポケットをパッと押さえた。

「何にもない！　何にもないぞ！」

幼な子でも、もう少し上手に誤魔化《ごまか》すでしょうに——しみじみと呆《あき》れつつ、ソレイユは苦笑する。

「……欲しいのですか？」

「欲しい！　くれるのか⁉」

きらりと瞳を輝かせるルイスにソレイユは溜め息をついた。

騎士が恋人のスカーフをお守りがわりに身につけるという話は聞くが、これは違う。

——騎士ではないわ。犬よ。ああ、もう。本当に犬のようだわ。

犬ならばしかたがない。犬は飼い主の匂いがついたものを欲しがるものだ。

「……わかりました。本日の土産《みやげ》にお持ちください」

「ありがとう！　大事にする！」

そう言ってまばゆい笑みを浮かべたルイスの顔は、文句のつけようがないほどに美しかった。

ルイスを見送り、正餐室《せいさんしつ》に向かうと既《すで》に晩餐《ばんさん》の準備は整っていた。

純白のクロスをかけた長テーブルには枝付き燭台《しょくだい》が煌々《こうこう》と並び、クリスタルのグラスと銀の食器を華やかに照らしている。

テーブルの奥には父、その正面に母、母の右手側に客人であるマルク、左にプリムヴェールが座っていた。

空いている席はマルクの隣か、プリムヴェールの隣か。

ソレイユは迷うことなくマルクの隣に向かい、従僕によって引かれた椅子《いす》に優雅な仕草で腰を下ろした。

「……そろったようだな。始めよう」

満足そうに父が頷《うなず》く。すっとグラスを持ちあげての「マルクの努力の結実を祝して――」という乾杯の声を合図に、晩餐《ばんさん》が始まった。

「……あの、ソレイユ様」

和《なご》やかに食事が進み、メインの鴨《かも》の皿が下げられたところで、すっとマルクがソレイユに耳打ちをしてくる。

「はい、何でしょう」

「今さらではありますが、私の隣でよろしかったのですか？」

不安げな声にソレイユは眉をひそめた。よろしいも何も、あの状況でソレイユがプリムヴェールの隣に着くのは、マナー違反だ。

「……その、ルイス殿下をさしおいて……申しわけないなと……」

消え入るような声で告げられ、ソレイユは思わず頬をゆるめる。

「まあ、おやさしい。大丈夫ですわ、ルイス様には今夜のことは内緒にしておきますから」

ふふ、と笑いまじりに囁《ささや》きかえすと、マルクは「え、は、はあ、では、そのように……」と口ごもり、さっとソレイユから身を離した。

そそくさとグラスを口に運び目を伏せる彼の様子に、ソレイユは微笑《ほほえ》ましいような思いを抱く。

「……おや、どうしたソレイユ。マルクと密談か？」

「まあ、そのような怪しいものではありませんわ。ただ、マルク様の謙虚《けんきょ》なお人柄を称えておりましたの」

「そうかそうか。マルクのよさに気づいたか。ならば、どうだ？　今からでも、ルイスとの婚約を破棄してマルクと結びなおしては？」

「もう、お父様ったら！」

ソレイユが倒れた一件以来、父のルイスへの好感度は、ルイスでなければ誰でもいいというレベルにまで下がっている。現在のルイスの頑張りも、見なおすどころか「散々遊びほうけておきながら、今さら何を！」と癇《かん》に障《さわ》るのだろう。

――ルイス様が意外に優秀なのがわかって、余計に気に入らないのでしょうね。身体が弱く、人の数倍努力しなくてはいけなかった父にとって、ルイスの要領のよさも鼻につくに違いない。

「お父様、ご冗談はおやめになって。マルク様が驚いてらっしゃるわ」

「あ、ああ、冗談ですか。……そうですよね」

「冗談ではないぞ。私は、愛する娘にまっとうな男と結ばれて幸せになってほしいのだ――」

尚も言いつのろうとする父にソレイユは溜め息をこぼすと、助けを求めて母に視線を投げた後、すっとマルクへ向きなおった。

「ごめんなさいね、マルク様。父はこの冗談がお気に入りのようで、若い紳士のお客様がいらっしゃるたびに口にされるのです」

「ええ、本当に。あなた、そろそろ新しい冗談を考えてくださいな」

ソレイユの言葉に母が笑顔で言いそえる。父はとたんに「う、うむ。考えておこう」と目をそらし、グラスを口に運んだ。

そのタイミングを見計らったように新たな皿が運ばれてきて、卓の話題は本日のデザートへと移り、ソレイユはホッとしながら洋梨のタルトにフォークを入れた。

「……本当に、ごめんなさいね、マルク様」

そっとマルクに囁《ささや》く。

「いえ……むしろ、光栄なご冗談でした。私のような男をあなたの婚約者に、などと……釣りあわないにもほどがあるでしょうに……爵位も金も面白みもない、私のような根暗な男を選ぶ女性などおりませんよ」

私のような、と自分を卑下《ひげ》する言葉を繰りかえすマルクにソレイユは眉を下げる。

「まあ、そのような悲しいことをおっしゃらないで。マルク様は自らの努力で医師になる道を切りひらいたのですから、立派なものですわ」

「……そう言ってくださるのは、ソレイユ様だけです」

「いいえ。私だけではありません。父も、これからあなたが助ける多くの病《やまい》に苦しむ人々も、同じように考えるはずです」

そう言って微笑《ほほえ》んだソレイユの言葉に嘘はないが、マルクに対する特別な想いはなかった。前途ある若者を励ますのは、支援者の娘として当然の行為だ。

今までも、これくらいの慰《なぐさ》めの言葉なら、何人もの青年にかけてきた。

彼らが無事に医学を修め、立派な医師として身を立てて、この国の救いの一つになるように。

「きっと、グルダン伯爵も――」

「ソレイユ様」

かちり、とフォークを置いたマルクが顔を上げ、ソレイユを見る。

「はい、……っ」

やわらかく微笑《ほほえ》もうとして、ソレイユは息をのんだ。

初めて向きあったハシバミ色の視線にこもる熱量。

その激しさに、重ねようとした励ましの言葉が喉の奥で詰《つ》まったように出てこなくなる。

「……ありがとうございます。本当に、あなたは天使のようにおやさしい方ですね」

ニコリと微笑《ほほえ》んだマルクの顔は美しい。

けれど、ソレイユは令嬢として身についた反射で微笑を返しながらも、ぞわりと背を這《は》うような寒気を覚えたのだった。

第三章　初めての愛の営《いとな》み。

遠くから名を呼ばれ、ソレイユは足をとめた。

振りむくと、長く伸びた王城の廊下の奥、白い毛皮でふちどられた黒いマントをなびかせながら、こちらへ向かってくる逞《たくま》しい男が見えた。

「……アンリ様、どうなさいましたの？」

「呼びとめてすまない。少し話をしたいのだが、いいだろうか」

「はい。かまいませんわ」

ニコリと笑ってソレイユは頷《うなず》く。

アンリとならば「話をした」ところで面倒なことにはならない。

――アンリ様は、私を口説《くど》いたりなさらないものね。

ルイスとの婚約破棄未遂から三ケ月が過ぎた。ソレイユの体調も以前と変わらぬほどまでに回復し、見舞いの花の代わりに夜会への招待状が届くようになっている。

そうして、少しずつ顔を出すようになった夜会で「話がしたい」と呼びとめてくる男が後をたたず、ソレイユは、ほとほとうんざりしていた。

初めのうちは軽い世間話くらいならばと愛想笑いで応じていたのだが、「実に楽しそうに笑っていた」から「まんざらでもないのだろう」と手を握ろうとしたり、さりげなく腰に手を回そうとしたりする無礼な男が続いたため、近ごろでは挨拶《あいさつ》以上の会話には応じないと決めている。

——それもこれも、ルイス様のせい。

彼らは「王太子でも何でもない、ただの貴族の放蕩《ほうとう》息子でいいのなら、私でもいいじゃないか」と考えているのだ。

上手《うま》くソレイユを口説《くど》き落とすことができれば、浮気にも遊蕩《ゆうとう》にも文句一つ言わない可憐《かれん》な花嫁と公爵家の婿《むこ》の座が手に入る。

——冗談じゃないわ！　王太子かどうかは関係ないのよ！　あの顔が大事なの！　あの顔だから許せるの！　あの顔になってから口説《くど》きに来ていただきたいわ！

握られた手をハンカチで拭《ぬぐ》いながら心の中で叫んだところで問題は解決してくれない。

ルイスとの婚約破棄を望む父がルイスの同伴を認めないため、婚約者であるルイスに守ってもらうこともできず、ソレイユは夜会のたびに頭を悩ませていた。

「……ありがとう、ソレイユ。……こちらへ」

さっと周囲を見渡し、アンリがソレイユを近くの空き部屋へと促《うなが》した。ソレイユは微《み》塵《じん》もためらわず、ひらかれた扉の向こうに足を踏みいれる。

ぱたん、と扉が閉まり、ひそやかな溜め息が背後で響く。

窓のカーテンは閉めきられ、昼間とはいえ、室内は薄闇に満ちていた。

そんな部屋で二人きり。逞《たくま》しい男の気配をすぐそばで感じながらも、ソレイユの胸が乱れることはない。アンリも同じだろう。

アンリは、そういう男ではなく、ソレイユも、そういう女ではないのだ。

くるりと振りむき、暗がりに沈むアンリの顔を見上げたソレイユは眉をひそめた。

「……アンリ様、プリムヴェールが何かしでかしたのですね」

人目をはばかるような相談だ。それ以外には、ない。

――あの子ったら、何をしたのかしら。

性の悦《よろこ》びを知り、可愛らしい淫獣《いんじゅう》と化しつつある今のプリムヴェールならば、アンリの身も心もつなぎとめるため、どんな突拍子もないことでもやりかねない。彼女には、覚悟も度胸も、たんとある。

「……あ、ああ。その……」

「どうぞ、おっしゃってください。大丈夫です。私たち姉妹とあなただけの秘密にしま

すつもりはない。

すから」

アンリから相談を受けたことを、当然、プリムヴェールには伝えるが、他に漏らすつもりはない。

「……ありがとう」

ホッと息をついたアンリは、またたき三回分ほどの沈黙をおいて、ぽつりと切りだした。

「……貞操帯《ていそうたい》を、つけてほしいと言われたんだ」

同じくまたたき三回分ほどの沈黙をおいて、ソレイユは聞きかえした。

「……申しわけありません。上手《うま》く聞きとれませんでした。あの子は、アンリ様に何をつけてほしいと言ったのですか？」

「…………貞操帯《ていそうたい》を」

薄暗い部屋に沈黙が広がる。

――これは予想外。

貞操帯《ていそうたい》は、文字通り貞操《ていそう》を守る帯だ。

股間《こかん》部分には用を足せるように大小の穴が空いているが、生殖器部分を覆《おお》っているため性行為は行えない。

ソレイユが知人の屋敷で一度だけ目にしたことがあるのは女性用の品だ。

縦に長い、股間《こかん》を覆《おお》う革製のパーツを腰のベルトにつなぎ鍵で留めるタイプの品物だったが、あまりよい感想は抱かなかった。

見た目にはエロティックでも、排泄や洗浄という点においては不便極まりなく、長時間の着用には向かないと思ったのだ。

――それは、ダメよね。

プリムヴェールの気持ちもわかるが、衛生面で問題がありそうな代物《しろもの》を次代の王に装着させるわけにはいかない。

――夜のお遊びの一環としてならば、いいのかもしれないけれど……

どう言葉を返すか迷い、ソレイユは、ひとまず彼の良心と罪悪感を刺激してみることにした。

しおらしく肩を落とし、溜め息をつく。

「……申しわけありません、アンリ様。プリムヴェールには、よく言っておきます。あの子ったら、初恋が叶ったからと舞いあがって、どんどん欲張りになってしまって……こんなことではアンリ様に嫌われてしまいますわよね」

「まさか、嫌うなど……！」

「殿方の愛は自由を求める小鳥、そして、女の愛は鳥籠《とりかご》です。無理に窮屈《きゅうくつ》な籠《かご》の中に閉じこめては、小鳥は弱って死んでしまいます。少しくらい他の鳥籠《とりかご》へ飛んでいったとしても、帰ってきてくだされば、それでいいのです。自分一人だけを愛してほしいだなんて、そんなこと……身勝手で欲深いわがままですもの」

そういって悲しげに微笑《ほほえ》んでみせると、アンリはルイスの行状を思い浮かべたのだろう。きりりと厳しい表情になり、きっぱりと首を横に振った。

「いや、私は自由に他の女性のところへ行きたいなどとは思わない。そのようなこと、考えたこともないよ。……私がそれをつけることでプリムヴェールが安心できるというのなら、拒むほどのことではない……と思う」

「……アンリ様？」

「ただ、もしかすると何かプリムヴェールを不安にさせる出来事があったのではないかと思ったんだ」

「妹を不安にさせる出来事……？」

「ああ。昔の私は兄上と違って女性に好意を抱かれるタイプの男ではなかったが、王位を継ぐとなってからは、声をかけてくる女性が少しだが増えてきた。もしかすると、陰で何か彼女に嫌がらせじみたことをする者がいるのかもしれないと気になって……だが、直接、プリムヴェールに聞いたところで私に心配をかけまいと隠すかもしれない。だがら、君に聞こうと思ったんだ。心当たりがあれば教えてもらえないだろうか」

つまり、アンリはプリムヴェールに貞操帯《ていそうたい》をつけろと言われたことが嫌で、姉であるソレイユに諫《いさ》めてほしかったわけではない。そのように言いだした理由は何かと考え、王妃の座を狙う女たちがプリムヴェールに嫌がらせをしているのではないかと案じて声をかけてきたということだ。

――本当に、ルイス様とは人間としての格が違うわね。

ソレイユは感動すら覚えながら、にっこりと微笑《ほほえ》んだ。

「大丈夫です。嫌がらせなどされておりませんわ。ただあの子は、他の女性よりも愛情が強すぎるだけなのです。強欲なあの子は、あなたの欲望も愛情も、まなざしさえも……できるならば、あなたのすべてを一人じめしたいと思うのでしょう」

「私のすべてを……」

ごくり、と喉を鳴らしたアンリは、まんざらでもなさそうな顔をしている。

――意外と被支配願望があるのかしら。

内心で首を傾《かし》げつつ、ソレイユは言葉を続ける。

「きちんと言いきかせておきますわ。愛する人を苦しませてまで自分の心を満たそうなど、そのような傲慢《ごうまん》な考えは愛ではないと。不安も嫉妬《しっと》も乗りこえて相手の幸せを願う、忍耐こそが愛なのだと……」

「……いや、ソレイユ。私は、愛する女性に不要な忍耐などを覚えてほしくない」

「アンリ様」

「……ありがとう。もう一度、プリムヴェールと話をしてみる。それでも彼女が望むのなら、それが彼女の愛情ならば、どれほど重くとも私は受けとめてみせる！」

きりりり、と宣言するアンリは見惚《みほ》れるほどに凛々《りり》しい。内面の美しさがあふれてくるようだ。

「ありがとうございます、アンリ様。あなたのような方を愛して、プリムヴェールは幸せですわね」

「……そうだろうか、そうであってくれればよいのだが……」

はにかむように笑うアンリに、やさしく微笑《ほほえ》みを返しながら、ソレイユは王家御用達《ごようたし》の革職人の顔を思いうかべていた。

――あの子のことだから、既《すで》に注文をしているかもしれないわね。

心やさしき男にふりかかるであろう苦難を思い、ソレイユは労《いたわ》るようにアンリの手を取る。

「どうか、あの子をよろしくお願いいたします」

心をこめて願うと、アンリは澄んだまなざしで「ああ、勿論《もちろん》だ」と力強く頷《うなず》いてみせた。

＊＊＊

「ソレイユ！　受けとってくれ！」

アンリと話した数日後の夕暮れ。公爵家を訪れたルイスが差しだした手のひらには、小さな金色の鍵がのせられていた。

「ルイス様、これは？」

「私の貞操帯《ていそうたい》の鍵だ！」

「……はい？」

「アンリの話を聞いてな、城の職人に頼んだら、驚くほどすぐに作ってくれた！」

「……あぁ、それは……まぁ……」

アンリの貞操帯《ていそうたい》だが、結局、使わないことになったそうだ。

代わりにプリムヴェールが彼を毎日射精させ、その量を見て管理することになったのだという。

「不安ならば、その手で私を管理してくれ」とアンリに言われたのだと、プリムヴェールは瞳を輝かせてよろこんでいたが……

――どのような話しあいの結果、そうなったのかしら。

詳しくは聞いていないものの、お互いが納得の上で満足しているのならば、ソレイユが口を挟むことではないだろう。

その後、アンリが使う予定だった貞操帯《ていそうたい》は製作途中で破棄されたものと思っていたが、どうやらルイスへと流用されたらしい。

ちらりと彼の下肢に視線を向けると、もぞりと気恥ずかしそうに手で隠される。

「……そんなに見ないでくれ……照れるだろう」

「……本当に、貞操帯《ていそうたい》をつけていらっしゃるのですか？」

呆《あき》れたようにソレイユが問えば、パッと顔を上げ、ルイスは頷《うなず》いた。

「そうだ！　管理してくれ！　私を！　私は愛の小鳥だ！　君の愛の鳥籠《とりかご》に鍵をかけて閉じこめてくれ！　それで君は安心できるのだろう？　私も安心だ！」

まっすぐに愛をねだる碧玉《へきぎょく》の瞳は、小鳥が舞う春空のように美しい。

「……ルイス様」

ソレイユは言葉に詰《つ》まった。

自ら鳥籠《とりかご》に飛びこみ、鍵までかけて投げつけてくる小鳥がどこにいる。

あまりにも愚かだ。けれど……

——いるのね、ここに。

ソレイユに信じてほしくて、愛してほしくて、プリムヴェールのような執着を示してほしくて。

ルイスは、あの馬鹿馬鹿しく不便な代物《しろもの》をつけてきたのだ。

——何て、愚かで可愛らしい。

ポッと小さな炎がソレイユの胸にともった。

じわりと燃えあがる熱。それは、きっと、心の奥でくすぶっていた何かだ。

ずっと前、ルイスに失望し、彼への恋心を踏みけした日から、ずっと。

「……ありがとうございます」

淡い笑みを浮かべ、ソレイユは小さな鍵を受けとった。

それから、溜め息を一つつき、ゆるりと首を横に振る。

「ですが、ルイス様。せっかくつけていただきましたが、外してさしあげますわね」

もういい。もらおう。彼の気持ちを受けとって、応えてみようとソレイユは思った。

愚かな彼の想いを信じてみようと。

この熱に身をゆだねてしまおうと。

「……え？　ど、どうして？　君に相談もせずに作ったからか？　あ、合鍵なんて作ってないぞ!?　そんな不誠実な真似をするものか！　え……本当に……いらないのか？」

滑稽《こっけい》なほどにうろたえるルイスの顔は、こんなときでさえ見惚《みほ》れるほどに美しい。

「どうしてと言われましても、まず、不衛生ですし、それに……閉じこめなければ飛んでいってしまうような小鳥をもらったところで、虚《むな》しく、悲しいだけですもの」

「っ、……ソレイユ、私は、ただ君を不安にさせたくなくて……そんなつもりではっ！」

「ええ、そうでしょうとも。ですから、お気持ちだけいただきますわ」

やんわりとルイスの言葉を遮《さえぎ》って、ソレイユは一歩踏みこみ、彼の胸に身を寄せる。

「そのような歪《いびつ》な器具の力を借りずとも……愛を確かめあうのなら、もっと自然な方法がありますでしょう？」

思わせぶりに小首を傾《かし》げると、こくり、とルイスの喉が動く。

「もっと……自然な？」

「ええ。あなたは私の物だと、私はあなたの物だと……互いの想いを伝えあうために、古来から愛しあう男女が行ってきた営《いとな》みが……ルイス様なら、よくご存知でしょう？」

「ソレイユ、それは……え、ええと……いいのか？」

もじもじと戸惑《とまど》うルイスは、まるで女を知らぬ少年のようだ。胸の内で笑いながら、ソレイユは小さく頷《うなず》き、そっと囁《ささや》いた。

「はい。私に、あなたの愛を教えてください」と。

＊＊＊

「……ソレイユ、待ってくれ」

サンルームからソレイユの部屋へと向かい、いざ扉をひらいたところでルイスの足はとまってしまった。

「……ルイス様？」

きょとんと首を傾《かし》げるソレイユは、無垢《むく》な天使のように可愛らしい。今すぐに抱きしめて、抱きあげて、寝台に運びこみたい心をなだめ、彼は、つとめて優雅な笑みを作った。

「急用を思いだした。すぐに戻るから、先に……寝台で待っていてくれ」

「……わかりました」

ソレイユは戸惑《とまど》いを見せつつも素直に頷《うなず》き、ルイスの上着の袖口をそっとつまんで、耳元で囁《ささや》く。

「ルイス様……どうか、私の決心がくじけてしまう前に戻ってきてくださいね」

「……約束する」

ルイスは、ごくり、と喉を鳴らすと、踵《きびす》を返して駆けだした。

「いってらっしゃいませ」

甘やかな少女の声に背中を押されながら……

──今日も、絶対に、いるはずだ。

ルイスが向かったのはプリムヴェールの部屋だ。ルイスはアンリに用があった。

近ごろ、アンリは暇さえあればプリムヴェールのそばにいる。

王妃の座を狙う女たちの嫌がらせが心配だとアンリは言うが、王に次ぐ富と権力を持ち、民の信も厚いスフェール公爵家を敵に回そうとするのは、よほど思いあがった愚か者だけだ。かつてのルイスのような。

本当のところは、ただ単に少しでも多く、長く恋人と一緒にいたいだけだろう──とルイスは思っている。

今日も早々に政務を片付けたアンリは、プリムヴェールの部屋を訪ねているはずだ。

「──アンリ、私だ！　いるんだろう！　あけてくれ！」

どんどんどん、と扉を叩《たた》くと、ぎしがたどん、きゃっ、と椅子《いす》か何かが倒れる音、愛らしい少女の悲鳴が部屋の奥から響いた。

少しの静寂の後、大股に歩いてくる足音が近付き、ガチャリと扉が細くひらく。

「――どうしました、兄上」

かいま見えたアンリは、明らかにお楽しみの途中といった様子だった。

下半身はともかく、上半身を整える時間はなかったのだろう。ボタンの外れたシャツの隙間から、紳士と呼ぶには逞《たくま》しすぎる胸板やら腹筋やらが見せつけるようにのぞいている。

うっすらと汗まで浮かべ、心なしか息が荒い。

――さしもの軍神でも、女を相手にするときはこうなるのだな。剣の鍛練《たんれん》では息一つ乱さないというのに。

物珍しげなルイスの視線から逃れるように、すっとアンリが目をそらす。

「……お察しの通り、取りこみ中ですので後にしてください」

そそくさと扉を閉めようとするアンリに、ルイスはハッと我に返って扉を押さえた。

「緊急なんだ！」

「……どうしました」

「ソレイユに誘われた」

「誘われた？　何に？」

「寝台に！」

「……それはおめでとうございます。では私はこれで」

「待ってくれ！」

またしても閉じられれようとする扉を押さえ、ルイスは叫んだ。

「どうすればいいのか、わからないんだ！」

「はい？　どういうことですか？」

戸惑《とまど》うアンリに、ルイスは声をひそめて言葉を続ける。

「どうやって抱けばいいかわからない。教えてくれ」

「……ご冗談でしょう。兄上が女性の抱き方を私に尋ねるなど」

「違う。本気で聞いてるんだ。助けてくれ。私は惚《ほ》れた女の抱き方を知らない。今までの相手は皆、ただの遊び相手でしかなかった。何とも思っていない、二度と会えなくてもかまわない、どう思われようと、嫌われようと痛くも痒《かゆ》くもないような、どうでもいい相手としか寝たことがないんだ。本当に心から愛した女性と、心から大切にしたいと思う相手とは、どうやって抱きあえばいいのかわからない！」

「……最低の言い草ですね」

ルイスの告解に、アンリは不快気に眉をひそめる。

「わかっている！　私は最低だった。だが、助けてくれ！　兄弟だろう？　このような不安な気持ちを抱えたままでは、途中で萎《な》えそうで怖いんだ！」

ルイスは、それが恐ろしかった。

「ソレイユに恥をかかせたくないし、私も惚《ほ》れた女との初夜で恥をかきたくない！　散々遊んできておいて、こんなものかと幻滅されたら……ソレイユに嫌われたら、私はもう生きていられない！」

「……そこまで思いつめなくとも……」

「ええ、それほど難しく考えずとも大丈夫ですわ」

戸惑《とまど》うアンリの背後で、愛らしい声が響いた。

「……プリムヴェール？」

猫のような軽やかな足音が近付いてきて、とまる。ルイスは思わず、アンリの背後をのぞきこもうとして――

「ぎゃっ」

――アンリに顔をつかまれた。

「見ないでください」

みしみしと頭蓋《ずがい》がきしみ、ルイスは悲鳴を上げる。

「痛い痛い。こら馬鹿、痛いだろうが！」

「見ないでください。減ります。私の物です」

「おまえの物じゃないだろう！　女性を物扱いするなと、私に散々お説教をしてきたのは、おまえじゃないか！」

「いいえ、私はアンリ様の物です！　そしてアンリ様も私の物なのです！」

ばしばしとアンリの腕を叩《たた》くルイスの抗議は、ほがらかなプリムヴェールの声に退《しりぞ》けられた。

「……そうか。わかった。見ない。アンリ、放してくれ」

「……はい」

痛むこめかみをさすりながら、ルイスはアンリと視線を合わせ、プリムヴェールに問いかけた。

「難しく考えるなとは、どういう意味だ？」

「……そのままの意味ですわ。上手《うま》くやろうだとか失敗しないようにだとか、余計なことは考えず、ただ、相手を大切にしたいというお心に従って触れればよろしいのです」

「心に従って？」

「大切な相手だと思えば、自然と無茶なことはしませんでしょう？　女というものは、大切にされていると感じると、自然と心も身体も相手に向かってひらいていくもののように思います。技術や経験も無駄ではないと思いますが、それだけでは女は満たされません。愛がなくては。ですから、ただ、初めての気持ちで、やさしく愛を伝えるように触れてください。それだけで、女は無上の幸福を感じられるのです。……私のように。ね、アンリ様？」

「プリムヴェール……！」

ちゃっかりとのろけたプリムヴェールの細い手がアンリの腕へとかけられて、アンリの顔が恋する男——というよりも発情した雄のものに変わる。

「——ということです。兄上、私たちはこれで。上手《うま》くいくとよろしいですね」

「ええ、本当に。お姉様をよろしくお願いいたします」

「あ、ああ。ありがとう」

ぱたん、と扉が閉まり、きゃっ、と嬉し気な少女の声が聞こえたかと思うと、足早に部屋の奥へ進む足音が続く。

おそらく、プリムヴェールを抱きあげたアンリが寝台へと向かったのだろう。

——お熱いことだな。

ルイスは、二人の熱気にあてられたように、ふう、と息をつくと、踵《きびす》を返した。

──ただ大切に、愛を伝えるように……簡単そうで難しいな。

心の中でプリムヴェールの助言を思い返しながらも、不安は消えず、それでもルイスの足はとまらない。

──初めての気持ちで、か。……そうだな。初めてだ。私は今日、初めて、愛の営《いとな》みというものを知るのだ。

ソレイユの部屋が近付くにつれて、ルイスの心は未知への不安から期待へと塗りかえられ、足取りが速まっていく。

──上手《うま》くできないかもしれない。けれど、それが何だというのだ。ソレイユは、それくらいで私を嫌ったりなどするものか！

プリムヴェールは、技術よりも経験よりも愛が大切なのだと言っていた。

──そうだ、何を不安に思っていたのだろう。愛ならばある。だから、大丈夫だ。

愛されている。愛している。ゆるぎのない自信がルイスを奮い立たせていく。

碧玉《へきぎょく》の瞳を熱情と愛しさに燃やし、ルイスはソレイユのもとへ走っていった。

＊＊＊

一方、廊下を駆けていくルイスを見送ったソレイユは、そそくさと自室に戻った。

無言で閉めた扉に耳をつけ、心の中で三つ数えてから素早く鏡台の横の本棚に駆けよる。

下から二段目に並んだ「子うさぎ物語」全五巻の中から第四巻を引きぬき、外箱から取りだす。

可愛らしい白うさぎが描かれた表紙をめくると、そこに書かれていたのは「淑女のための初夜の心得」という題だった。

――ルイス様が戻ってくる前に、復習しておかないと。

おそらく、彼はプリムヴェールの部屋にいるアンリのもとへ向かったのだろう。

香油か避妊薬か。何をわけてもらいにいったのかはわからないが、さほど間を置かずに戻ってくるはずだ。

ソレイユは、せわしなくページをめくり、視線を走らせる。

疑問は山ほどあった。

寝台で待っているように言われたが素直に従っていいものだろうか。

——それに服はどうすればいいの？

スムーズに行為を進めるために、あらかじめドレスを脱いでおくべきだろうか。

——でも、服を脱いで寝台で待っているなんて、積極的すぎると思われそう。

教本には「恥じらいながらもよろこんで受けいれる淑女のいじらしさに、殿方は愛しさを覚えるのです」と書かれていた。恥じらいを失ってはいけない。

ならば、長椅子《ながいす》あたりで着衣のまま、大人しく座って待つべきか。女のドレスを脱がせることを好む男もいると聞いたことがある。ルイスはどちらだろう。

——ドレスを着たまま交わる作法もあるわよね。

昨年、某伯爵家に嫁《とつ》いだ友人は、愛人と馬車の中で睦《むつ》みあうのだという。ドレスのスカートをまくりあげただけの姿で、ガタゴトと車輪のきしみにまぎれて交わり、ことが済んだら何事もなかったかのようにスカートを下ろして屋敷に帰る。とても刺激的で興奮するのだと笑っていた。

それはそれで楽しそうだとは思うものの、若草色のドレスはソレイユのお気に入りの一枚だ。汚したくはない。

——そうよね。血やら何やらで、大変なことになりそうだもの。

破瓜《はか》の血は、どれほどの量が出るものなのだろう。月のものよりも多いのだろうか。

本のページをめくりながら、ソレイユは段々と不安になっていく。

――待って。そもそも、この教本の描写が正しいとは限らないわよね。『甘い唇で彼を虜《とりこ》に』？　唇に蜂蜜《はちみつ》でも塗っておけばいいの？　実践的な教本に比喩的な描写を入れないでほしいわ！

少しではあるが、混乱もしていた。

何せ初めてだ。女であれば、ほぼ誰もが通る道だとわかってはいても、怖いものは怖い。

教本には、夫を信じて身を任せるようにと書いてあるが……

――そもそも、ルイス様は上手なのかしら。

素朴な疑問がソレイユの頭をよぎる。

いくら数をこなしているとはいえ、王子である彼の顔と立場に惹《ひ》かれた女たちとの行為は、いわば接待試合のようなもの。

挑戦者に勝たせることを前提とした茶番を何百回とこなしたところで、本当の実力がつくかどうかは怪しい。

実際、宮廷でひらかれる馬上槍試合で、ルイスは常にアンリに次ぐ準優勝の位置にいたが、実力のほどは新米騎士と変わらないレベルだった。今は、どうかわからないが。

その上、以前、ソレイユはアンリから聞いたことがある。

鍛練《たんれん》と実戦は違うと。どれほど鍛練《たんれん》で好成績を残そうとも、実際に戦場に出て動けるとは限らない。最初の一戦を生きのびて初めて、国を守る戦力、一人前の騎士となるのだと。

ならば、接待試合しか知らないルイスは、いまだ戦力外、いわば新兵、童貞同然ということになる。

――それなら、少しは自分で準備をしておいたほうが安心かもしれないわね。

ソレイユは、そう考えた。ルイスに任せきりにして、いざ、ことに及んだときに痛い目を見るのは嫌だ。

――準備……準備ね……。でも何をすればいいの？

娼婦は客を取る前に香油で自らのそこをほぐしておくというが、ここに香油はない。

――髪油ではダメよね。厨房《ちゅうぼう》からオリーブ油を……ダメよね。匂いでわかるわよね。

いえ、そもそも、少しほぐしたくらいで変わるものなのかしら。

よくは知らないが、少なくともソレイユの指二、三本よりも太いものが入るのだろう。

本を膝に置き、手を広げて見つめ、ソレイユは静かに首を横に振る
――無理。そんな時間はないわ。

やはりルイスに任せるしかない。

接待試合とはいえ、何百と夜戦をこなしてきたのだ。それなりの技術と経験が身についていることを期待し、祈るほかないだろう。

指三本をそろえて寄せて、くるりと手首を返してながめ、今さらながら、ソレイユは不安になった。

——入るのよね？　……いえ、入るはず。プリムヴェールだって、できたのだもの。私にだって、入るはずよ。

プリムヴェールの体格はソレイユと変わらない。彼女が規格外のアンリを受けいれられたのならば、ソレイユがルイスを受けいれられないはずがない。

——大丈夫よね。ルイス様のお道具が立派すぎるという噂《うわさ》は聞いたことがないもの。慎《つつ》ましすぎるという噂《うわさ》も聞いたことがないので、それなりの雄の象徴を持っているのだとは思うが、体格に見合った常識の範囲内のものに違いない。

——だから、大丈夫よ。大丈夫。私にだって、できるはず。

いつになくドキドキと騒がしい胸を押さえながら、ソレイユは教本を閉じる。そうして、そそくさと棚に戻すと長椅子《ながいす》に腰を下ろし、ジッとルイスの帰りを待つことにした。

「――ソレイユ、すまない。待たせたな」

がちゃり、と扉がひらき、がたん、とソレイユは立ちあがった。

「いえ――」

言いかけた台詞《せりふ》をのみこみ、ソレイユは視線を絨毯《じゅうたん》に落とす。

――お待ちしておりました、だなんて、はしたないわよね。

かといって「気にしておりません」と言うのも微妙だ。

何というべきか迷い、ちらりとルイスを見つめ、また目を伏せる。

「……ソレイユ」

戸惑《とまど》う声に名を呼ばれ、ソレイユは肩をすくめて、ぎゅっと胸の前で両手を握りしめる。

ひそやかに扉が閉まる音。ゆっくりとルイスが近付いてくるのを息をひそめて待つ。

俯《うつむ》いた視界に、ルイスのつまさきが入った。白いブリーチズの膝、上等な青い上着の裾《すそ》、金のボタン、すっと持ちあがる腕。手を伸ばせば届く距離から息がかかる距離へ。

頬に触れる指。そっとなぞり、包みこむ大きな手のひらは、しっとりと熱い。

促《うなが》されるままに顔を上げると、怖いほどに真剣な碧玉《へきぎょく》のまなざしがソレイユを貫《つらぬ》いた。

「……ルイス様」

「……どうか、後悔しないでくれ」

「え？」

「君の愛に気がつくまでの私は、どうしようもない男だった。今でもきっと、私よりも真っ当な男はいくらでもいると思う。それでも、私は君じゃないとダメなんだ。だから、君を手放せない。絶対に。だから……どうか私を愛したことを後悔しないで、幸せになってほしい」

——ルイス様ったら、何をおっしゃっているのかしら。

ソレイユが後悔するかしないかは、彼に頼まれて決まるものではないというのに。

ここで「後悔させない」「君を絶対に幸せにする」と言えないところがルイスらしい。

——どうしようもない人。

ソレイユの唇に笑みが浮かぶ。

その笑みにつられてか、ルイスの表情もゆるんだ。

雲の隙間からこぼれる太陽の光のような、淡く温かな微笑《ほほえ》みにソレイユは目を細める。

不思議な気持ちだった。

顔の造りは変わらないはずなのに、今のルイスは以前とは違う。

彼の心が変わったからだろうか。それともソレイユの心がか。

——今のほうが、ずっといい顔だわ。

ソレイユは手を伸ばし、彼の頬に触れ、慈《いつく》しむようにやさしく撫《な》でる。

「大丈夫。きっと、後悔しませんわ」

あなたを愛していますから――そう囁《ささや》くと、息が詰《つ》まるほどの強さで抱きしめられた。

「私も、君を愛している」

祈るような声が頭上で響くのと同時に、感極まったような口付けが額《ひたい》に落とされる。

微《かす》かに震えるルイスの指がソレイユの背をすべり、腕をさすり、肩をかすめて、そっと顎《あご》をすくわれて。焦《じ》らすように、ゆっくりと唇が重なった。

軽く食《は》まれ、口付けがほどけ、互いの瞳をのぞきこむように見つめあう。

――甘くはないけれど、悪くもないわね。

ちろりとソレイユは舌で唇をなぞり、首を傾《かし》げた。ルイスの瞳に熱がともる。

「ソレイユ？　何を考えたんだ？」

「……え？　やはり、本当に甘みを感じるわけではないのだな、と思っただけですわ」

ソレイユの答えにルイスは同じく首を傾《かし》げてから、ああ、と頷《うなず》き、くしゃりと笑った。

「確かに、物語の恋人たちは、いつも『とろけるような甘い口付け』を交わしているな。……っ、ふ、はは、可愛いな、ソレイユ」

「……笑わないでくださいまし」

別にソレイユも本気で信じていたわけではない。人間の体液が甘くないことくらい、ソレイユはきちんと理解している。

肩をゆらして笑うルイスの脇腹をつねってやると、「ごめん、ごめん」とまるで誠意のない謝罪が返ってくる。

「……ルイス様！」

「本当に、ごめん。昔から君は驚くほど大人びていたから、そんな風に可愛らしいことを言うとは思わなかったんだ。……馬鹿にしているわけではないよ」

「……わかっておりますわ」

「それに……君にとってはそうでなくとも、私にとっては、甘い甘い口付けだった」

ふ、と笑いを噛みころして、ルイスが表情を引きしめた。

「信じてもらえないかもしれないが……口付けは初めてなんだ」

「……そう、なのですか」

ソレイユは反応に迷う。初めて、と言われて嫌な気はしないが、さりとて素直に感動することもできない。

女の唇に唇を合わせたことがなくとも、白い首すじや豊かな胸に口付けたことはあるはずだ。

それこそ、数えきれないほどに。

ソレイユの困惑が伝わったのだろう。ルイスが寂しそうに目を伏せる。

「……信じられないか」

「信じています、と言えればいいのですが……嘘になりますもの。ですが……これから先、私の他に唇を与えないと誓ってくださるのならば、信じてさしあげますわ」

「誓うよ。勿論《もちろん》誓う！　私の唇は、いや、私のこれからの人生のすべては、何もかも、君だけのものだ！」

唇どころか人生まるごと押しつける勢いのルイスの宣言に、ソレイユは呆《あき》れながらも浮かんでくる笑みをこらえきれなかった。

心をくすぐるこの感情は、確かに「甘い」と形容するに相応《ふさわ》しい。熱くて、甘い。

これは何だろう、とソレイユは思う。甘くて熱くて、きゅんと胸が締めつけられる。

この感覚を、例えるならば。

ポッと浮かんだのは、炙《あぶ》り林檎《りんご》。

芯《しん》をくりぬきバターと一さじの砂糖を詰《つ》めこんで、とろりと蜂蜜《はちみつ》を垂らした真っ赤な果実。パリパリに焼きあげたそれをかじったときの幸福な味と舌を焼く熱さ。

——絶対に火傷《やけど》するとわかっているのに……

熱いまま、味わいたくなる罪の味。

きっと恋もそうだ。

ソレイユはルイスに微笑《ほほえ》みかけながら、ほんの少しだけ悔やむ。恋なんて忘れたままでいられればよかったのに――と。

心まで愛してしまったら、代わりがきかなくなる――いつかのプリムヴェールの言葉が、ソレイユの頭をよぎった。

――確かに怖いわね、プリムヴェール。でも、気がついてしまったときには手遅れなのだわ。

ソレイユは、もう、この感情を忘れることはできないだろう。ならば、飛びこむほかない。

「……ルイス様。ならば、ください。誓い通りに、あなたのすべてを……私のすべてもさしあげますから」

まっすぐにルイスを見つめてねだると、吸いこまれそうな碧玉《へきぎょく》の目がひらき、くしゃりと歪《ゆが》んで。次の瞬間、ソレイユの視界は、ぐるりと縦に回っていた。

「……ソレイユ、ソレイユ……私の天使……私の太陽……！」

ソレイユに覆《おお》いかぶさったルイスの姿は、床に伏せ、投げ与えられた骨を貪《むさぼ》る犬のようだ。

床に横倒しにされたソレイユの唇に頬に耳たぶに、くすぐったさにそらした首すじに、キスの雨を降らせながら、彼は譫言《うわごと》のようにソレイユの名を呼ぶ。

胸元を隠す絹のフィシューを引きぬいて若草色のドレスの胸元に顔を埋《うず》めたルイスは、渇きに苦しむ旅人さながらに、ごくりと大きく喉を鳴らして息を乱した。

――まるで、熱病患者のようだわ。ずいぶんと器用な患者だけれど。

するりとデコルテをなぞり、前身頃《コンペール》を閉じるボタンを外して前を広げ、コルセットの結び目をゆるめて、ふるりと胸がこぼれるまで引きおろしたルイスの手付きは、無駄なく実に手慣れたものだ。

――今までに何百着と脱がせてきたのですもの。それは、お上手よね。

胸を疼《うず》かせる不快感に「ああ、私、嫉妬《しっと》をしているのね」と感慨を覚えながら、ソレイユは胸にむしゃぶりつくルイスの頭をそっと撫《な》でた。

少年のころから変わらない、くすみなく美しい白金の髪は指通りがよく、いつまでも撫《な》でていたくなる触り心地だ。

「……ん」

食《は》まれ、吸われ、やわく噛まれるたびに胸の奥へと走る未知の感覚に戸惑《とまど》い、ソレイユは淡く息をつき、目を細める。

 だが、顔がいい。

──ルイス様ったら、赤ちゃんみたい。

さらさらのやわらかな髪もそれらしく、ちゅぱちゅぱと白い胸の先を舐《な》めてはしゃぶり、乳をねだるように吸いつく仕草も腹をすかせた赤子のようだとソレイユは思った。

──そうね、飢えてらっしゃるわよね。

ソレイユがルイスに毒を盛られてから今日まで四ケ月と半分、彼は女を抱いていない。日替わりで淑女ディナーを楽しんでいた男が、よく我慢できたものだ。

──別に、いつ迫ってきてくださってもかまわなかったのに。

ある日突然押し倒されたところでソレイユは拒まなかっただろう。

それでも彼の我慢を、何の意味もない無駄なことだったとは思わない。

──大切に、してくださったのよね。

わがままで甘ったれで自分のことばかりだったルイスが、自分の欲望よりもソレイユの心を尊重してくれていた。恋人として、いつか妻となる愛する女性として。

きゅんと心がしぼられ、あふれた思いの雫《しずく》がソレイユの瞳に浮かび、ころりとこぼれた。

「──ぁ、っ、すまない、強すぎたか?」

涙に気づいたルイスがはじかれたように身を起こし、わたわたとソレイユの目元を拭《ぬぐ》う。

それから、彼の唾液でベチャベチャになった胸に視線を向けると、一人で顔を赤らめ、上着のポケットから出したハンカチで拭きつつ、「犬か、私は」と消えいりそうな声で呟《つぶや》いていた。

そうして、その言葉をソレイユに聞かれたかどうか心配になったのだろう。ちらりと上目遣いに様子をうかがう姿は、まさしく主人を慕う美しい犬だ。

その洗練も余裕も感じられない無様な姿に、ソレイユは名状しがたい愛しさを覚えた。

「ソレイユ、私は……」

「ルイス様、大丈夫です。思いの丈が、あふれてしまっただけですわ」

「あ、そ、そうか……大丈夫ならば、よかった」

「ええ、大丈夫ですから……早く……」

ソレイユに彼を与えてほしい。

窓からさしこんでいた陽ざしは夕闇へと変わりつつある。早く済ませないと父が帰ってきてしまう。

後日仕切りなおしたところで不都合はないはずだが、ソレイユは、今、ルイスが欲しかった。

「あなたをください」

そっとルイスの頬を撫《な》で、ソレイユは微笑《ほほえ》んだ。

「……ソレイユ」

「はい」

「君は、怖い人だな」

「え？」

「そんな風に、まっすぐに愛されてしまったら、私は、もう君なしでは怖くて生きられない」

「そんな……」

大げさですわ、と笑おうとするソレイユの唇を唇で塞《ふさ》ぎ、ルイスは整いすぎた美貌を歪《ゆが》めた。

「本当だ。最初は愛されていると知って嬉しかった。ただただ、嬉しかった。でも、今は怖い。日毎、怖くなる。君を失うのが怖くてしかたがないんだ」

「ルイス様」

澄んだ空色の瞳からこぼれた雫《しずく》がソレイユの頬に落ちる。

「……愛している。もしも、私への愛を失《な》くす日がきたら、君の愛が砕けて消える日がきたならば、どうか私には教えないで、黙って毒を盛ってくれ。知らぬまま、愛されていると信じたまま、幸福なままで逝《ゆ》かせてほしい。……君が私を殺したところで誰も君を咎《とが》めたりなどしないから」

「ルイス様、そのようなことをおっしゃらないでください」

彼の下睫毛《したまつげ》で震える雫《しずく》を拭《ぬぐ》って、ソレイユは微笑《ほほえ》んだ。

――なんて、臆病で情けない人。

けれど、それすらも愛《いと》おしく感じるほど、まっすぐにソレイユを見つめるルイスの顔は美しい。

一生、見飽きることはないだろうと思えるほどに。

「だが、ソレイユ……」

「ルイス様。私のあなたへの愛が、たやすくゆらいで消えるような脆《もろ》いものならば、とうの昔に消えております。あなたの度重なる裏切りや夜会での仕打ちで。それこそ、かけらも残さぬほど粉々に砕けて、一握の砂どころか目に見えぬ塵《ちり》と化しているところですわ」

責めるような響きをこめたソレイユの言葉に、ルイスは、う、と呻《うめ》いて俯《うつむ》く。

けれど、次に彼が顔を上げたときには、どこかすっきりした顔をしていた。

「……それもそうだな。そもそも、私は、まともに愛される資格のある男ではなかったんだ」

何を勘違いしていたんだろう――と笑う声に自嘲《じちょう》の色はない。

「君は、最低も最低な、こんなどうしようもない私を愛してくれたんだ。君の愛を疑うなんて、どうかしていた」

噛みしめるように呟《つぶや》くと、ルイスはソレイユの頬を撫《な》で、微笑《ほほえ》む。

「どうか、そのままずっと私を愛していてくれ。私も、これからずっと、永遠に君を愛するから」

「……はい、勿論《もちろん》」

愛しつづけます――最後の言葉はルイスの唇に塞《ふさ》がれ、音になることはなかった。

「ん……、っ、はぁ」

息継ぎにひらいたソレイユの唇をルイスの舌がなぞる。

ぞくりと頭の後ろに響くような感覚に、ソレイユが、は、と吐息をこぼした隙を見逃さず、ルイスの舌が潜《もぐ》りこんでくる。

ちゅぴりと響いた水音が、やけに大きく聞こえた。

「ん、ん……ぁ、っ」

何かを探すようにソレイユの口内をまさぐるルイスの舌先が上顎《うわあご》に触れた瞬間、先ほどよりも強い痺《しび》れが走る。

とっさに顔をそらそうとしたソレイユの頬をルイスの右手が包みこむようにして押さえ、口付けが深まった。

——息が、できない。

初夜の教本には「口付けの間は鼻で息をするように」と書いてあったが、いざとなると上手《うま》くできなかった。

彼の舌を押しのけ、息をつこうとするたびに搦《から》めとられて、息苦しさと名状しがたい甘い痺《しび》れ——快感にソレイユは翻弄《ほんろう》される。

苦しまぎれにルイスの胸を押しやろうとした手は、頬を撫《な》でる彼の手につかまって、やさしく床に縫いとめられた。

「——っ、やっ」

ルイスの左手が鎖骨をなぞり、すべりおりる。ちりりと胸の先に痺《しび》れが走り、ソレイユの唇から甘い悲鳴がこぼれた。

「さっきは、私一人で盛りあがってしまったから……今度は、君に楽しんでほしい」

「ルイスさま……、ぁ、や、くすぐったい」

「くすぐったい？　ソレイユ、それだけじゃないだろう？　くすぐったいだけならば、そんなに甘い声は出ないはずだ」

「そう、ですけれど……っ」

ルイスに散々舐《な》めしゃぶられてぽってりと色づき、つんと尖った頂《いただ》きをやさしく指の腹でつままれ、しゅりしゅりと扱《しご》かれ、ゆっくりと引っぱられて。口付けとはまた違う快感がソレイユの胸だけでなく、下腹部にまで響く。

尿意にも似た奇妙な感覚に、もぞりとソレイユが膝をすりあわせるのを、接待試合ながら経験だけは無駄に豊富なルイスは見逃さなかった。

「……大丈夫。わかっているよ、ソレイユ」

「ルイス様？　何を――」

わかってらっしゃるというのですかと、いぶかしむソレイユの唇を口付けで塞《ふさ》いでから、ルイスはとろけるような笑みを浮かべ、彼女の下肢に手を這《は》わせた。

広がるドレスのスカートを、その下のパニエごと器用にたくしあげ、裾《すそ》から手を入れ、かさばる布地の奥へと進む彼の手付きに迷いはない。

ルイスの指が膝に触れ、ももの内側をなぞりあげ、付け根へたどりつく。

「あ……、やっ」

やわい鬢《ひだ》をかきわけ、長い指が埋まる。とたん、響いた水音に、ポッとソレイユの耳たぶが熱くなった。

「……よかった……濡れているな」

「よかった、のですか？」

「君が悦《よろこ》んでくれている証《あかし》だ。嬉しいよ」

「それは、よか……っ、ん、んっ」

知らぬ間にそこはすっかりと熱を持ち、潤《うる》んでいたようだ。ルイスの指の動きに合わせて、くちりくちゅりと可愛らしい水音とくすぐったいような快感が響く。

――自分でさわるのと、全然違うのね。

性の悦《よろこ》びに興味はあれど、自ら積極的に慰《なぐさ》めるほどの快楽への情熱がなかったソレイユにとって、そこは月の障《さわ》りの間くらいしか意識することがない場所だった。

入浴時に触れても、特別な何かを感じたことはない。けれど。今は。

――もっと気持ちよく、なれるかしら。

彼の指で愛《め》でられ、羞恥《しゅうち》と、それをねじふせようとする快楽への期待に息が乱れる。

「は、ぁ……、いっ」

つぷりと潜《もぐ》りこんできたのは右手の中指。ソレイユが異物感に息を詰《つ》めると、それ以上深くは入ってこない。抜かれることもなかったが。

埋《うず》めた中指はそのままに、自由な親指があふれる蜜をすくいあげ、尿道口をかすめて、さらに上へ。

瞬間、びりりと走った快感にソレイユは息をのむ。

「強いか？　すまない。……これくらいなら……？」

「え……あ、んんっ、ふ、やっ、まって……っ」

「……大丈夫そうだな」

満足げに微笑《ほほえ》むルイスに、言葉を返すことができない。

花芯に触れられているのはわかっている。小さな木の芽に似たそこは、女性に悦《よろこ》びをもたらす神秘の器官なのだと初夜の心得にも書かれていた。

好奇心に負けて、そっと指を這《は》わせてみたこともある。けれど。

――ぜんぜん、ちがう。知らない。こんなに、気持ちいいなんて。

芯《しん》を持ったそこを、ぬるつく指でやわくなぞられ、こねまわされる鮮烈な感覚は、ソレイユの想像を超えていた。

びりびりと痺《しび》れるような、それでいて腰が抜けそうな快感に、次から次へと鼻にかかった甘い声がこぼれる。

「可愛い声だ。……君のその声を聞きたかった。私の手で乱れる君の姿を見て、甘く喘《あえ》ぐ声が聞きたくてしかたがなかったんだ」

「こんな、声を……？」

「ああ。想像よりも、ずっといい」

熱を帯《お》びた囁《ささや》きに応えるように半端《はんぱ》に咥《くわ》えこんだ彼の指を、ソレイユはきゅんきゅんと締めつけてしまう。

――いや……どうして。

女の身体とはそういうものだと教本で学んで、理解しているつもりだった。けれど、実際にそうなってみると自分の身体が自分の物でなくなるようで、少し怖い。

「あ、あ、はっ、あぁ、や、ぅうっ」

ルイスの指が小刻みに花芯をゆらし、時折、ぐりりと押しつぶす。与えられる刺激に反応して、ソレイユの意思にかまわず腰が動き、つまさきに力がこもっていく。

咥《くわ》えこんだ指の違和感はいつの間にか薄れ、内からひろげられる圧迫感を心地よいとさえ感じはじめていた。

じわじわと腹の底からふくれあがってくる得体のしれない感覚から逃れるように、ソレイユは身をよじるが、覆《おお》いかぶさるルイスの身体がそれを阻《はば》んだ。

ずしりとかかる重み、布越しに伝わるルイスの熱と逞《たくま》しさに、じわりと身体の芯《しん》が炙《あぶ》られる。

「……ゃ、あ」

ソレイユは、きちんと頭では理解していた。

自分が達しかけていることを。

もう目をあけてはいられない。

「っ、――っ、あ、～～っ」

きつく目蓋《まぶた》を閉じ、唇を引きむすび、怯《おび》える子供のように身を硬くして、ソレイユは初めての絶頂を受けとめる。

もっと色っぽく可愛らしい反応を――と頭の中で教本の言葉が響くが、無理だ。

もっと幸せそうに、うっとりと微笑《ほほえ》まなくてはいけない――そう理解しているのに、ソレイユはただ息を乱し、ぽろぽろと涙をこぼすことしかできない。

「……ソレイユ」

「っ、ごめんなさ、でも、ちがうの、嫌なわけじゃ、ただ……っ」

戸惑《とまど》うソレイユの唇をルイスの唇が塞《ふさ》ぐ。なだめるように強く押しつけて、食《は》んで、離れて。そして二人は、そろって小さく息をつく。

「ルイス様……あの……」

「ソレイユが可愛すぎて、死ぬかと思った」

「……はい？」

「だって、こんなのずるいだろう！　いつもは何があっても静かに微笑《ほほえ》んでいる聖母のような君が、こんな……初めての快感に戸惑《とまど》って子供みたいに泣くなんて！　反則だ……反則だよ……！」

うう、と悶《もだ》え訴えるルイスを見上げるうちにソレイユの涙はとまり、気恥ずかしさと悔しいような気持ちがこみあげてきた。

「……死なないでください、そんなことで」

「そんなことじゃない！　私にとっては驚天動地の衝撃だ！」

「さようでございますか」

「ああ。本当に、可愛かったなぁ……一生忘れられない思い出になったよ」

しまりのない笑みを浮かべるルイスは小憎らしいが美しい。

「……さようでございますか。では、もう、ご満足ですのね？　見るべきものを見て、すべきことはすべてなさったのですね？　それならば、もう、お帰りください！」

「え!?」

ふてくされたソレイユの言葉を受けて、ルイスの顔に焦りの色が広がる。

「いや、……すまない。決して、君を馬鹿にしているわけではないんだ」

「そんなこと、わかっております」

「そうか、なら……その、最後まで……いいだろうか。このまま帰るのは……正直、辛《つら》い」

叱《しか》られた子犬のようなまなざしで――というには熱っぽすぎるが、ねだる男をチラリと見つめ、そらして、また視線を向けて、ソレイユは、ふふ、と頬をゆるめた。

「……もう、しかたがありませんわね」

「ソレイユ……！」

「許してさしあげます」

「ありがとう！」

ルイスは合図された猟犬のような俊敏《しゅんびん》さで、自らのベルトに手をかけ、前をくつろげた。

その下の黒革の異物をソレイユがじっくりと観察する間もなく、軽い金属音を立てて貞操帯《ていそうたい》の錠《じょう》が外される。きゅっと革がこすれる独特の音が響いたかと思うと、べちゃりと床に投げすてられた。

そうして、遮《さえぎ》るものがなくなって、ルイス自身が露《あら》わになる。

――え、待って……こういうものなの？

ソレイユが教本で学んだ男性器は、色もつけられておらず、つるりとした棒状に描かれていた。

ルイスのものは違う。何というのだろうか。生々しい。肉々しい褐色《かっしょく》で、びきりと血の管が浮かび、先のほうはキノコのように、ぷくりと笠が張りだしている。

――形が美しくないし……それに、大きすぎるわ。

りんと聳《そび》えたつルイスの雄の象徴が平均と比べてどうなのか、ソレイユには皆目《かいもく》見当もつかないが、自らの身体に迎えいれるのをためらうには充分な質量に思えた。

――ルイス様でこうならば……アンリ様は……

思考が自分からそれたのを感じたのだろう。ルイスの指がソレイユの頬に触れ、そっとなぞる。

「……ソレイユ、今は私のことだけを考えてくれ」

「ん、ごめんなさい」

「それに、私だって並よりは大きいほうだからな。本当だぞ」

「……さようでございますか」

負けず嫌いなルイスの申告にソレイユは、くすり、と笑って手を伸ばした。あやすように頬を撫《な》でると、む、と彼が眉をひそめる。

「その顔は、信じていないな」

「真偽の確かめようがありませんので……それとも、並の大きさとやらと比べてほしいのですか？」

「嫌だ」

唸《うな》るような答えの後、唇に食らいつかれた。強く押しつけ、離れ、碧玉《へきぎょく》の瞳が切なげに細まる。

「……確かめるのは、私が死んでからにしてくれ」

「……いいえ」

「ソレイユ――」

「確かめません。生涯、ルイス様一人で、たくさんです」

そう囁《ささや》くと同時に、口付けが落ちてきた。唇を重ねて、離れて、また重ねて、彼の舌を招きいれたところで、ソレイユの膝に優美だが大きな手がかかる。

じりじりとひらかれ、できた隙間にルイスが右膝を入れた。さらにひらかれて、今度は左膝を入れられる。するりと両の膝裏をすくわれ、腰が浮く。

ルイスが膝を進め、その大きな身体に押されるようにして、ぐぐっとソレイユの脚が広がる。

——ちょっと、広げすぎじゃないかしら。

羞恥《しゅうち》に小さく息をのんだところで、もぞりとルイスが身じろぎし、ぬるりと熱い塊《かたまり》がソレイユの中心をなぞった。

あ、とこぼれた声は、ソレイユ自身も驚くほどに甘く、ねだるような響きを孕《はら》んでいた。

は、とルイスが深々と息をはく。何かをこらえるように。

「痛ければ……いや、無理だな。何でもない。ソレイユ、痛いと思うが……」

「大丈夫です。女ならば、誰でも通る道ですもの。早く、くださ——ぁ、っ、ぅう、ん……！」

最後まで言いきる前に押しこまれた。

みちみちと身体の内側から裂かれるような衝撃に、ソレイユの口から声にならない呻《うめ》きが漏れる。とまったはずの涙があふれ、頬を伝った。

きゅっと目をつむり、ひらいて、彼女は自分に覆《おお》いかぶさる男を見つめる。

「ルイス、さま」

「ソレイユ……！」

眉を寄せ、秀麗な額《ひたい》に汗の粒を浮かべたルイスの表情は、ソレイユに負けじとひどく苦しそうで、けれど、瞳だけは幸福な熱情に満ちていた。

——ああ、いい、お顔。

とろりと心が満たされて、ソレイユの頬がゆるむ。

ほう、と息を吐きだすと、強《こわ》ばっていた身体から力が抜けた。痛みは依然としてあるが、耐えられないほどではない。

「……ソレイユ？」

ふ、と息をつき目を細めるルイスに、「大丈夫です」とソレイユは微笑《ほほえ》む。

「え？」

「ルイス様、私は大丈夫ですから……どうぞ、お好きに動いてください」

ただ挿入しただけで終わりではないことくらい、ソレイユも知っている。

男が果てて満足するまで、辛《つら》くとも女は耐えなくてはならない。そう、教本に書いてあった。

「……ありがとう」

かすれた囁《ささや》きがソレイユの耳をくすぐって、直後、花芯に走った痺《しび》れがソレイユの喉を震わせた。

埋《うず》めた肉の杭《くい》はそのままに、ぬりゅ、ぬりゅん、と結合部からあふれた蜜を花芯に塗りこむようにやさしくやさしくこねられる。

「ぁ、んん、どうし、て……？」

動いていいと言ったのに。ソレイユの問いにルイスは口付けで応えた。

ちゅ、ちゅ、と小鳥がついばむような口付けを重ねながら、彼は淡々と指を動かし、ソレイユを二度目の絶頂へと導いていく。

花芯をまさぐる動きは最初と同じ。けれど、どうしてだろうか。彼を受けいれたままで味わう刺激は、より深くまで響いて感じられた。

じわじわと広がる快感は、破瓜《はか》の痛みをまぎらわせ、やがてそれを覆《おお》いかくしていく。

「ぁ、は、……ぁあっ、ゃ、ルイス、さま……っ」

近付く絶頂に、ひくひくと震えはじめた柔肉がルイスの雄に絡みつき、その先の刺激をねだるように締めつけた。

「っ、そのまま、果てていいぞ」

熱を帯《お》びた声に促《うなが》され、ソレイユは抗《あらが》うことなく、素直に果てる。

「っ、んん、ふ。――っ」

二度目の絶頂は、最初よりも甘く、深く、心地よいものだった。

「あ……ぁあ、……は、――あぁっ」

「っ、ソレイユ……ッ」

ずんと奥を突かれ、ソレイユの身体が跳ねる。胎《はら》に響く衝撃は、今のソレイユには不快なものではなかった。

「――っ、ぅ、く」

耳元でルイスの呻《うめ》く声がした。

快感に震えるソレイユの身体が、咥《くわ》えこんだ雄をひくりひくりと締めつける。

まるで精をねだるみたいな反応が恥ずかしかったが、どうしようもない。

ただ、しがみつき、しがみつかれるように強く抱きあいながら、心地よい悦《よろこ》びを噛みしめていた。

絶頂の波が過ぎ、深く息を吸って、吐きだして。ソレイユは、いつの間にか閉じていた目蓋《まぶた》をひらいた。

――重い。

覆《おお》いかぶさる男の身体が、やけに重たく感じられる。

「……ルイス様」

呼びかけるが、返事はない。

「ルイス様、重いです」

「……ん。すまない」

のろのろと身体を起こしたルイスは、ソレイユと目が合うと、すいと気恥ずかしそうにそらした。

「……ルイス様？」

「いつも、こんなに早いわけではないんだ」

妙に早い口調でルイスが言う。

「本当だ。いつもは、もっともっ」

「はい？」

「今回は、ずいぶんと久しぶりだったし、相手が君だったからこうなったというだけで、私は別に特段快楽に弱い男というわけではないんだ……！」

——何をおっしゃっているのかしら。

ソレイユは首を傾《かし》げ、やがて、ああ、と頷《うなず》き、微笑《ほほえ》んだ。

「ルイス様、私、ルイス様が早漏でも気にしませんわ」

「っ、なっ」

「私は、ありのままのルイス様を愛しておりますから！」

悪気のない慰《なぐさ》めの言葉に、ルイスの瞳が潤《うる》む。

「……違う！　私は、早漏じゃない……！　本当に違うんだ……！」

「ルイス様？　どうして泣いてらっしゃるの？」

「ううう……！」

ソレイユは何かいけないことを言ってしまったらしい。涙ながらに否定の言葉を繰りかえす恋人に、かける言葉を探していると、不意に廊下が騒がしくなった。

「お待ちください！」と焦ったような声はアンリのものだ。そして「離せ！」と答えた声は――

ハッとソレイユがドレスの胸元をかきあわせた瞬間、蹴破《けやぶ》るように扉がひらかれた。

「……お父様」

とっさに胸だけは隠した。ドレスの布に遮《さえぎ》られ、肝心の部分は見えないだろう。だが、ソレイユの脚の間にルイスが陣取ったままでは、何をしていたのか誤魔化《ごまか》しようがない。

「……お、叔父上、お早いお帰りで」

「……はは、いやいや、遅すぎたくらいだ」

唇は笑みの形を作っていたが、父の瞳は憤怒《ふんぬ》に燃えていた。

これはいけない――ソレイユが慌てて起きあがろうとするのと、父が腰に佩《は》いた剣に手を伸ばしたのは同時だ。

気まずそうに視線を伏せていたアンリが父の動きに気づいて、目を見ひらく。

「――叔父上！　お待ちください！」

「っ、放せ、アンリ！」

いつかのルイスのように床に押さえこまれながらもがく父の顔色は、今にも憤死《ふんし》しそうに赤い。

「殺してやる！　あの屑《くず》を殺してやる！　私のソレイユを！　よりにもよって床で！　よくも！」

「お気持ちはわかりますが、兄上を殺して一番悲しむのはソレイユですよ！」

「わかっている！　ならば、半殺しだ！　二度と使い物にならなくしてくれるわ！」

「いけません！」

「放せ！　放すのだ！　放してくれ！」

がっちりとアンリに押さえこまれながら、尚も父は剣から手を離さず「あの屑《くず》を去勢してやる！」とわめいていたが、しまいには肩を落として、すすり泣きはじめた。

「どうしてだ……どうしてルイスなのだ……もっとましな男はいくらでもいるだろう……う、うっ」

「叔父上」

「気安く呼ぶな！　この屑《くず》が！」

ルイスの呼びかけに激しい怒声が返るが、彼は怯《ひる》まない。

「確かに、私は、どうしようもない屑《くず》でした。まあ、今でも屑《くず》かもしれませんが……それでも今は、ソレイユを幸せにしたいと思っています。彼女に相応《ふさわ》しい男になりたいと。……すぐには無理でしょうが、努力は惜しまないつもりです。ですから、どうか、私からソレイユを取りあげないでください」

「……ルイス」

真摯《しんし》に訴えるルイスに、父は驚いたように目をみはり、そして――

「その恰好で言われて誰が信じるか！　この馬鹿者が！」

再びルイスを怒鳴りつけた。

――そうよね。つながったままではね。説得力がないわよね。

ソレイユは虚空《こくう》を見つめて溜め息をつくと、父に顔を向ける。

「……お父様、このようなどうしようもない方でも、私はルイス様がよいのです。ルイス様を殺すなら、私も後を追います。それでもよろしければ、どうぞ、お好きになさって」

「ソレイユ……おまえという子は……」

深々と嘆《なげ》くと、父は剣から手を離した。

「まったく、最近の若い者は……どうしようもないな」

そっとアンリに支えられて立ちあがり、ルイスとソレイユに背を向ける。

「……ソレイユ、最後にもう一度聞くが、本当に、そいつでよいのだな？」

「はい」

「そうか……まったく、恋というやつは……！」

父は疲れたように目を伏せ、ゆるゆると頭を振って、また一つ、溜め息をついた。

「……わかった。もういい。二人とも服を直しなさい。そろそろ夕食の時間だ。せっかくの料理が冷める前に席に着くのだぞ。……二人そろってな」

父の言葉にルイスが目をみはる。

「……叔父上、よろしいのですか？」

「勘違いするな、ルイス。渋々だ。望んではいない。だが、ソレイユがどうしても、おまえがいいというのだから……しかたがない」

「っ、……ありがとうございます」

ルイスの礼に返事をすることなく、父はアンリを促《うなが》し、部屋を出ていった。

扉が閉まり、残された二人は何とはなしに見つめあう。

「……なぁ、ソレイユ。あれは……私たちを認めてくださった、ということだろうか」

「そのようですわね……まあ、ずいぶんと渋々ではありましたが……」

ソレイユの言葉に「そうだな。だが、よかった」と呟《つぶや》くルイスの声には、安堵《あんど》とよろこびが滲《にじ》んでいる。

「いつかは叔父上にも認めていただきたいと思っていた。それが……まさか、このような状態で叶うとはな」

「……確かに、そうですわね」

ホッとした半面、この後、どんな顔で父やアンリと顔を合わせればよいのか……悩むところだ。

心の中で溜め息をつきながらも、自然とソレイユの唇はほころんでいた。

父がルイスを嫌っていることを「当然よね」と諦めながらも、心のどこかでは「お父様にも祝福してほしい」と願っていた。

皆に祝福され、幸福な花嫁になりたいと。

どうやら、無事に叶いそうだ。

――不思議ね。今、とても幸せだわ。

輿入れ前に自室の床で純潔を散らされ、その現場を父と義弟に目撃されるという――客観的に見れば割と最低な状況だが、ソレイユの心は満たされていた。

「ソレイユ……私は、今、自分が世界で一番幸福な男のような気がするよ」

ルイスの言葉に、ソレイユは微笑《ほほえ》む。

「私もです、ルイス様」

「そうか……それは、嬉しいな」

そっと惹《ひ》かれあうように顔を近付け、唇を重ねる。

ふわりと軽い口付けは、とてもとても甘い、幸福の味がした。

第四章　愛犬夜会と媚薬事件。

青い月の夜。ガゾン伯爵家に向かう馬車の中で、ソレイユはルイスと向かいあっていた。

「ルイス様、ジャボが曲がっておりますわ」

彼の襟元《えりもと》に手を伸ばし、ひらひらとした襞飾《ひだかざ》りの位置を直す。

「ありがとう、ソレイユ」

「どういたしまして」

ニコリと笑ってクッションに背を戻そうとしたところで、すっと手を取られ、ルイスのほうへ引きよせられた。

「きゃっ」

すとん、と——というにはスカートのかさがありすぎて、ぐしゃりと彼の膝に横抱きに乗せられ、ソレイユは溜め息をつく。

「ルイス様、ドレスが皺《しわ》になります」

「嫌だ。下ろしたくない」

「せめて、整えさせてください」

「わかった」

腰を上げてスカートを整え、やれやれと座りなおすと、ソレイユは悪戯《いたずら》な婚約者の頬を撫《な》でる。

「……ずいぶんとご機嫌ですわね、ルイス様」

「ああ。当然だろう？　愛しい君と連れだって夜会に出られる日を、どれほど待ちわびていたことか！　君の婚約者として叔父上に認められたという証《あかし》だからな！　いわば、今夜はお披露目だ！」

「あら、では、このドレスもお披露目のために？」

「そうだ！」

今夜のソレイユの装《よそお》いはアクセサリーもドレスも靴も香水も、すべてルイスから贈られた品だ。

今日の夜会は愛犬家を招いた、ややこぢんまりとしたもので、夜会の規模に対して、ずいぶんと気合の入った贈り物だと首を傾《かし》げていたのだが……

――そういうことだったのね。

ちらちらと耳たぶでゆれる飾りとネックレスは、ルイスの瞳を思わせるサファイア。

前あきのドレスとガウンペチコートは艶《あで》やかな林檎酒《りんごしゅ》めいた金色のシルクサテン。胸元のひらきを埋める、たっぷりの段レースをあしらったストマッカーには、ドレスと共布で作られた可憐《かれん》な薔薇《ばら》が一輪飾られ、結《ゆ》いあげた髪には、もう一輪の薔薇《ばら》とレースのリボンがゆれている。

ルイスはというと、豪奢《ごうしゃ》な刺繍《ししゅう》とブレードをあしらった上着とブリーチズは、ソレイユと同じ淡い金、ベストはもう少し濃く、蜂蜜酒《はちみつしゅ》のような色をしている。袖口のレースは、ソレイユの袖でひらひらとゆれるアンガジャントとそろいの品だろう。

上品な色合いが、端整な顔と均整のとれた長身によく似合っていた。

並びたてば、一目で対《つい》とわかる仕立てに、ソレイユを迎えに来たルイスを目にした父の機嫌が、ずんと急降下したことは言うまでもない。

おまけにルイスが「今夜はソレイユが帰らずとも心配しないでください！」などと口にしたものだから、「行かなくていい！」と引きとめる父をなだめるのに、ソレイユはだいぶ苦労した。

「ソレイユ、今夜は君への愛を見せびらかすぞ！　君も存分に、私を見せびらかしてくれ！　これが私の愛する婚約者です、とな！」

鼻息荒く力説するルイスの瞳が星明かりにきらめく。

「……ああ、楽しみだ」

車窓から入る夜風になびき、さらさらと額《ひたい》にかかる白金の髪を払う彼の仕草は、嫌味なほどに優雅で美しい。呆《あき》れる気持ちを忘れ、見惚《みほ》れてしまうほどに。

「……そうですわね」

ソレイユは頷《うなず》いた。

「……私も、待ちわびていたのかもしれません」

愛し愛される婚約者として、この美しい男と寄りそい夜会に参る日を。ずっと。心のどこかで。

「そうか！　本当に、私たちは相思相愛だな！」

まばゆく笑うルイスは、あまりにも無邪気で嬉しそうで。

「ええ、そうですわね」

微笑《ほほえ》み返しながら、ソレイユは胸にこみあげる名状しがたい切なさと悔しさを覚え、馬車のゆれによろけたふりをしてルイスに抱きつき、ぎりりと上着越しに爪を立てた。

にぎやかな広間へ二人が足を踏みいれると、さざなみが広がるようにざわめきが起こった。

「――嘘、ソレイユ様とルイス殿下よ!?　お珍しい……」

「やだ、まぶしい……顔がまぶしい……！」

「お二人ご一緒なんて……どういうこと……？」

楽隊の調べにまじって、囁《ささや》き交わす声が耳に入る。

主催であるガゾン伯爵夫妻に挨拶《あいさつ》をしようとルイスが首をめぐらせると、さあっと海が割れるように人々がよけて道がひらいた。

戸惑《とまど》い、驚き、羨望《せんぼう》、好奇、様々な感情が入りまじった視線を浴びる中、ソレイユはルイスにエスコートされ、いつもと変わらぬ笑みを浮かべて足を進める。

代替わりしたばかりの伯爵夫妻は、当主としてはまだ若い。ソレイユとルイスを見つめる二人の表情には、にこやかながらも緊張の色が見てとれた。

「……お招きどうもありがとう、ガゾン伯爵」

ルイスの言葉にガゾン伯爵は、乱れてもいないジャボを直して、しゃきりと応える。

「ようこそおいでくださいました、ルイス殿下、ソレイユ様」

最初の一声が少しばかり震えてしまったのは、ご愛敬《あいきょう》といったところか。咳《せき》ばらいを一つして、ガゾン伯爵は表情を引きしめた。

「このような粗末な場所にお招きして恐縮ですが、犬だけは最高品質の個体を別室にて控えさせております。生後三ケ月から成犬まで、お好みの一頭を可愛がることができますので、どうぞ、ごゆるりとお過ごしください」

「それは楽しみだ。なあ、ソレイユ」

「ええ。本当に、今宵《こよい》はそのために来たといっても過言ではありませんもの」

ソレイユは微笑《ほほえ》んだ。

ガゾン伯爵家の夜会は、他家のそれとは一風変わった趣向で知られている。伯爵家自慢の猟犬やテリアの子犬と触れあえる愛犬の間が設《もう》けられているのだ。

「もうすぐ当家に生まれる子犬たちのために、未来の伴侶になりそうな一頭と出会えたら、と期待してまいりましたの」

「――なんと、それは光栄です！　お任せください！　選《よ》りすぐりの一頭を御紹介いたします！　ささっ、さっそくごあん――」

ガゾン伯爵の灰色の瞳がキラリと輝いて、人が変わったように勢いよく話しはじめたところで、傍《かたわ》らの夫人が、ぐいと袖を引いて制した。

「まあまあ、犬は逃げたりいたしませんので、ダンスやおしゃべりを楽しんでからでも遅くはございませんわ。ね、あなた」

「あ、ああ、そうだな」

「それにしても、お二人ともお美しい、素敵なお召し物でございますこと。まるで太陽が二つあるよう……」

「はは、ありがとう。だが、太陽が二つあっては暑くてかなわないだろう。太陽は一つだけ、私はその光を受けて輝く月がいい」

「まあ、それでは、ソレイユ様がルイス殿下の太陽ということでございますわね」

「ああ。唯一無二、私の太陽だ」

微塵《みじん》の照れもなく言いきるルイスに伯爵夫人は、まあ、と目をみはった。それから、ポッと頬をそめるソレイユに視線を向けると、ふっと目元をゆるめる。

「……本当にまぶしい限りです。今宵《こよい》は燭台《しょくだい》など必要なかったかもしれませんわね」

やさしい声でそう言って「どうぞ、ごゆっくりお過ごしくださいませ」と微笑《ほほえ》んだ。

「……ルイス様ったら」

伯爵夫妻から離れたところで、ソレイユはルイスを軽く睨《にら》みつける。

「ん？　どうした、ソレイユ。君は怒った顔も可愛いな」

「っ、……声が大きすぎです」

ルイスがソレイユを「私の太陽だ」と宣言したとき、いくつかの愛らしい歓声と小さく噴きだす声が背後の人波から上がっていた。

「皆に聞かれてしまったではありませんか……！」

なじるソレイユの耳元で、ルイスが悪戯《いたずら》っぽく目を細めて囁《ささや》く。

「皆に聞こえるように言ったんだ。……言っただろう？　今日は君への愛を見せびらかしたいと」

「……もう、ルイス様ったら！」

手にした扇《おうぎ》で、ぱしりとルイスの脇腹を叩《たた》くと楽し気な笑い声がソレイユの耳をくすぐる。

「ごめんごめん。……何か飲もうか」

そういうとルイスは、赤いお仕着せにまじって一人だけ青いお仕着せをまとっている給仕のトレーから華奢《きゃしゃ》なグラスを二つ取り、一つをソレイユに手渡した。

「ありがとうございます」

ちゃぷりと金色に輝く液体がゆれる。ソレイユは微笑《ほほえ》み、グラスに口をつけた。しゅわりと冷たい林檎《りんご》の果汁が舌を撫《な》で、喉を潤《うるお》していく。

「ん、美味《おい》しい」

きゅんと頬に響く甘酸っぱさに目を細めつつ、こくり、こくり、と飲みすすめ、ふと首を傾《かし》げる。

「……ルイス様、私に遠慮などなさらないで。どうぞ、お酒を召しあがってください」

赤いお仕着せの給仕を目で示す。彼らは酒を、青いお仕着せの者は果実水を持っているのだ。けれど、ルイスは首を横に振った。

「いや。酔いたければ、君を見ているだけで充分だ。それに、私は君と同じもので胸を満たしていたいのだよ」

「……まあ、ずいぶんとロマンティックなことをおっしゃるのね。まるで恋物語の王子様のよう。乙女心がくすぐられてしまいますわ」

「それは嬉しいな。君の心をくすぐれるなんて。もっとロマンティックな展開になったら、もっと私に恋をしてくれるかい？」

「……さあ、どうでしょうか」

ソレイユが微笑《ほほえ》むと、ルイスはグラスを一気にあけ、給仕のトレーに戻した。

あら、とソレイユが首を傾《かし》げる間に、するりと彼は彼女の手を取る。そうして、指先に口付け、すっと優雅に腰を折って上目遣いに微笑《ほほえ》んだ。

「……愛しい人、踊っていただけますか？」

きゃあぁ、と愛らしい歓声が耳に刺さり、ソレイユは思わず目をつむる。

——ああ！　これはこれで、辛《つら》いわ……！

蔑《ないがし》ろにされていたころも周囲の視線が痛かったが、これはこれで居たたまれない。愛される婚約者というものは、これほど恥ずかしいものなのか。

突きさささる視線に身を震わせながら、おそるおそる目をあけると、期待に満ち満ちた碧玉《へきぎょく》の瞳がソレイユを見つめていた。

「……ソレイユ、いいだろう？」

かけられた声は、すり寄る犬のように甘ったるく、ねだるような響きを帯《お》びている。とてもではないが、一国の王子が人前で出していい声ではない。

――まったく、もう！　ルイス様ったら！

心の中で叱《しか》りながら、ソレイユは優雅な笑みを浮かべてみせた。これくらい、大したことではない、というように。

けれど「ええ、よろこんで」と答えたソレイユの声は、隠しきれないときめきと羞恥《しゅうち》で、うぶな乙女のように上ずっている。

グラスを置いてルイスに手を引かれ、広間の中央に進みでると、それまで踊っていた人々がハッと動きをとめた。そうして、二人に気を使ってか、そそくさと周囲の客にまぎれていく。

いつの間にか楽団の調べもとまり、ぐるりと集まってきた人々のざわめきの輪の中心に、ルイスとソレイユだけが残された。

――まるで、見世物ね。

三分と少しの短い興行だ。いつにない緊張を感じながら、すっと腰を落として微笑《ほほえ》み、背を伸ばして――ソレイユはルイスの胸に引きよせられた。

流れだす旋律。するりと背を抱かれ、ルイスの右肩――では高すぎるので、腕に左手をかけて、伸ばした右手はルイスの左手と合わさり、指が絡められる。楽団が奏でる音に耳をすませて、視線を交わし、とん、とワルツに踏みこんだ。

広がる感嘆の溜め息。無数の視線が二人を追う。

「……よかった」

優雅にステップを踏みながら、ソレイユの耳元でルイスが囁《ささや》く。

「……何がですの?」

くるり、と回され、横へすべって、花が咲くように離れて、身を寄せて。ソレイユはひそりとルイスの耳元で問いかける。

「夜会に出ないうちに、ステップを忘れていたらどうしようかと思った」

「まあ、ご冗談を。たったの五ケ月ですわよ」

そう囁《ささや》いて、ふと感慨深いような気持ちになる。

たったの五ケ月。

たったの五ケ月と少し前までは、ルイスはソレイユと一曲踊ったきりで、すぐに火遊びの相手をみつくろいに行っていた。ソレイユの手を離し、一人その場に残して。

——別に気にしていないわ。あのころは、ルイス様のことなんか何とも思っていなかったもの。

そう、あのころは——くるり、と回され、戻った腕の中、ソレイユはルイスに微笑《ほほえ》みかけた。

「ねぇ、ルイス様……今夜は、もう一曲、踊ってくださいましね」

ソレイユの言葉にルイスの瞳がゆれる。

「……ああ。何曲でも、君が望むままに」

そう言って微笑《ほほえ》みを返した彼は、絡めた指に力をこめてソレイユを強く抱きよせた。

最後の音の響きが消えて、華やかな拍手と歓声が二人を包む。

口々に褒《ほ》めたたえる声に「いや、楽団のおかげだ。今宵《こよい》の奏者は最高の腕だな。実に踊りやすかった」とルイスが笑い、「ええ、本当に。皆様も楽しんでらして」とソレイユが続けて。

次の曲が流れはじめたところで、二人はざわめきの輪の外へと抜けだした。

「……ふう。お披露目というよりも見世物のようだったな……だが、楽しかった」

襟元《えりもと》に指を入れて溜め息をつくと、ルイスは満足そうに目を細める。

「それは何よりですわ。……どうぞ」

さりげなく近付いてきた青服の給仕からグラスを二つ受けとり、ソレイユは一つをルイスに差しだす。彼は「ありがとう」とソレイユの手を握った。

「ルイス様？」

「……これからは何度でも君と踊りたい。君以外とは踊らない。君だけでいい。だから……許してくれ」

「……ダメです」

ソレイユの言葉にルイスが睫毛《まつげ》を伏せる。

「……そうか」

「私とだけだなんて、いけませんわ。『ずいぶんと嫉妬《しっと》深い婚約者をお持ちなのですね！』と私が笑われてしまいますもの。ルイス様ったら、愛情の示し方が極端すぎます」

ふふ、と笑って、ルイスの脇腹を扇《おうぎ》でくすぐるとルイスの顔がほころんだ。

「……そうか。すまない」

「いいえ。……飲みましょう」

視線を交わし微笑《ほほえ》みあって、グラスを口に運んだところで、ふとソレイユは、こちらへ向けられている熱い視線に気がついた。

こくり、と口の中のものを飲みこみ、さりげなく振りむくと——色とりどりのドレスをまとった令嬢が六人、わさりと花束のように集まっていた。

「……ごきげんよう、皆様」

「ごきげんよう、ルイス殿下、ソレイユ様！」

きらきらと輝く十二の瞳に気圧《けお》されながら、ソレイユとルイスが微笑《ほほえ》む。すると、令嬢たちはそろって扇《おうぎ》で口元を隠し、きゃっ、と小さく声を立てる。

「……ほら、お行きなさいよ」

「そうよ、決まったことじゃありませんの」

「……わかりましたから、押さないで……！」

ひそひそとした囁《ささや》きの後、一人の令嬢が押しだされ、すがるような視線をソレイユに向け、震える声をふりしぼった。

「……ル、ルイス殿下にっ、わたくしたちと、踊っていただきたいのですが、お許しをいただけませんでしょうかっ」

「え？」

「お願いいたしますっ！」

可愛らしい声がそろったところで、ソレイユは違和感を覚える。

――珍しい客層ね……

五ケ月前まで、ルイスと一緒の夜会で声をかけてくる女といえば、妙齢の淑女が多かった。

自ら進んでルイスのディナーになりたがる奔放《ほんぽう》な貴婦人か、悪い噂《うわさ》の立ちようがないほど身元の確かなご夫人、そのどちらか。

嫁入り前の乙女が親や男性を伴わずに話しかけてくることなど、まずなかった。

ルイスの火遊びの噂《うわさ》が広がるにつれ、うっかり彼に声をかけたり踊ったりなどして、不名誉な噂《うわさ》を広げられ、縁談にさしさわることを恐れたのだろう。

遠巻きにながめるだけだった彼女たちが、今夜に限ってダンスを申しこんできた理由。

それに思いあたって、ソレイユは思わず頬をゆるめた。

「……私はかまいませんわ。ルイス様、よろしいですわよね」

「だが、ソレイユ――」

「ルイス様、私、ルイス様と踊るのも好きですが、踊るルイス様をながめるのも、同じくらいに好きですわ」

ソレイユはつまさきだって、ルイスの耳に唇を寄せ、囁《ささや》く。

「あなたを自慢させてくださるのでしょう？　さあ、とびきり素敵に踊っていらして」

「……わかった」

きらりと瞳を輝かせ、ルイスは令嬢たちに視線を向けた。

「それで、どちらの姫君からお相手をすればよろしいのかな？」

気取った問いかけに囀《さえず》るような笑い声が響いて、最初に進みでた令嬢が「わたくしから……お願いいたします……っ」と細い手を差しだした。

ルイスは、ちらりとソレイユに目を向けて思わせぶりに細めると、ぷるぷると震える令嬢の手を取り、先ほど抜けだしてきた場所へと歩いていく。

きゃあきゃあとつつきあいながら、カルガモのひなのごとくトコトコとルイスの後をついていく令嬢たちの頬は林檎《りんご》のように赤く、つやつやとしている。

――可愛らしいわね。

きっと今までは遠くからながめるだけで、我慢していたに違いない。自らの、ひいては家の名誉のために。

――私が、愛されない婚約者だったから。

実際のところはどうだったのかはわからない。けれど、ルイスの態度からは、ソレイユへの愛情があるようには見えなかった。

――でも、今は違う……

あの事件から五ケ月。ルイスのソレイユへの献身を通りこした執着ぶりは、社交界で知らぬ者がいないほどに広まっている。

――だから、大丈夫だと思ったのでしょうね。

ソレイユへの愛を見せびらかす今のルイスが相手ならば、妙な噂《うわさ》を立てられることはない。安心して憧れの王子様とのダンスを楽しめるだろうと。

何ともいえない感慨のようなものがこみあげてきて、じんわりと目の奥が熱くなるのに、ソレイユは戸惑《とまど》った。

――どうして……涙なんて……!?

慌てて目をつむり、心を落ちつかせようとグラスの果実水を一口ふくむ。こくり、と喉を鳴らして、ふう、と息をついて――

「……ん？」

視線を感じて顔を上げ、ソレイユはパチリと目を見ひらいた。人並みの向こう、令嬢と踊りながら、ルイスがソレイユを見つめている。

どうだ見てくれ、上手《うま》いだろう！　といった得意気な顔をして。

いつから見られていたのだろう。真っ赤な顔をした令嬢の視線が、うろうろとソレイユとルイスの間を行ったり来たりするのを目にして、ソレイユの頬まで熱くなる。

——もう、ルイス様ったら……！

ソレイユはルイスに向かって、きゅっと渋い顔を作り、首を横に振った。え、と驚いたような顔をする彼に、ソレイユは目の前の令嬢に集中するように仕草で伝え、ちらりと扉のほうを指して微笑《ほほえ》む。それから、少女たちの夢のひとときを邪魔しないよう、その場をそっと離れることにした。


広間を抜け、人影が見えなくなったところで、ソレイユは、ぱしりと頬を押さえた。

——ああもう、私ったら……！

今夜の自分はおかしい。どうして今さら、過去のルイスの行いを思いだして胸が苦しくなったりするのだ。あのころは平気だったはずなのに。

——心まで、欲しくなってしまったから……？

そう思いあたって溜め息がこぼれる。

恋心とは何と厄介なものなのだろうか。

——恋に振りまわされるなんて、情けない。

人前で物思いにふけり、涙ぐむなど、公爵家の娘としてあるまじきことだ。

——ダメよ、しっかりしなくては！

ソレイユはもう一度、ぱしりと頬を押さえ、ふう、と息をはいて背すじを伸ばした。

変わらない過去に傷つくなど馬鹿げている。今、愛されているのだから何も問題はないのだ。

——さてと……可愛い犬を見に行こうかしら。今夜は月がきれいだから、お庭もいいわね。

ガゾン家の庭園には、冬に犬と日光浴をするためのオランジェリーと、夏に犬を遊ばせるための人工の池がある。池のほうは、ごくごく浅く、養魚池としては使えないそうだが、風のない夜には水面の月が楽しめる。

人気《ひとけ》のない廊下を進みながら、ソレイユは考える。庭に出るか、愛犬の間に向かうか。

突きあたり、右と左で迷ったところで、左側、庭園の方角から近付いてくる足音に気がついた。

音からして男性だろう。ソレイユは迷ったが、そっと壁に身を寄せ、足音の主が通りすぎるのを目を伏せて待つことにした。

ゆったりとした足取りで近付いてきた誰かは、彼女の前で足をとめ、軽く腰を折って――

「……お久しぶりです、ソレイユ様」

かけられた声にハッと顔を上げる。

「……ええ、お久しぶりですね、マルク様」

いつの間にか手を伸ばせば届くほど近く、ほっそりと背の高い青年――二つのグラスを手にしたマルクが立っていた。

「……今夜、いらっしゃるとは存じませんでしたわ」

相も変わらず視線が合わないマルクに向かって、ソレイユは穏やかに微笑《ほほえ》んでみせたが、内心は気まずい思いでいっぱいだった。

実をいうと、あの晩餐《ばんさん》以来、彼を避けていたのだ。

ソレイユが願えば、夜会の招待客を事前に知らせてもらうことは難しくない。そこにマルクの名があれば、参加をとりやめていた。

嫌いになったというわけではない。ただ、少し、何となく――怖くて、会いたくなかったのだ。

「……はい。上の兄が体調を崩しまして、代わりに……」

「そうですか……では、お兄様にお見舞いをお伝えくださいませ」

「ありがとうございます。兄もよろこぶことでしょう」

マルクが口を閉じ、しんと沈黙が落ちる。

彼が立ちさる様子がないのを見て、ソレイユはさりげなくあたりをうかがう。だが、誰かがやってくる気配はない。

きゃあ、と広間のほうから華やかな声が漏れきこえて、ソレイユはそっと息をついた。どうやら、ずいぶんと盛りあがっているようだ。

「……マルク様、お仕事のほうはいかがですの？　そろそろ、二月《ふたつき》ほどになりますわよね」

「はい。今日で丁度二月《ふたつき》でした」

「まあ、おめでとうございます。それで、ご感想は？」

ソレイユの問いに、マルクはぐっと顔を俯《うつむ》かせる。

「……正直に言えば、戸惑《とまど》うことばかりです。……閣下の救護院は本当に、わけへだてなく治療を引きうけるのですね。まともに会話もできやしない、ぼろきれのような布をまとった貧民も、高貴なドレスの令嬢も……驚きました。衝撃の連続で最初の週末には熱が出てしまったほどです」

「……まあ、それは……大変でしたわね」

マルクはソレイユと同じく、生まれながらの貴族だ。

屋敷で肩身の狭い思いをしているとはいえ、教育を受け、やわらかな寝台で眠り、食にも着る物にも困ったことなどないだろう。

文字も読めず、髪に虱《しらみ》がわき、すりきれた衣服を大切に大切に着つづけているような貧しい民とは生きる世界が違う。

教育レベルも生活習慣もまったく違う相手と触れあう日々は、マルクにとってかなりの衝撃だったようだ。

——わかるわ。私も泥のついたビスケットを口に入れるのに、だいぶ勇気がいったもの。

慰問に訪れた救護院で、言葉もおぼつかない幼子《おさなご》から、半分に割ったビスケットを差しだされたとき、その子の手が泥まみれなのに気がついて、ソレイユは正直、戸惑《とまど》った。

少し土がついたくらいなら大丈夫、善意に応えて食べるべきだと頭では理解していても、お腹を壊したらどうしよう、という不安がこみあげてしまって。

「ありがとう。わけてくれるのね」と微笑《ほほえ》んで口にしてみれば、香ばしい小麦の味が広がってホッとした次の瞬間。じゃり、と奥歯に響く感触に、笑みがくずれないように苦労したものだ。

どれほど子供が可愛くても、二度と泥は食べたくない。

だからそのときソレイユは、子供たちが泥の味など知らずに済むように、しっかりとした衛生観念と教育、充分な食料を得られるために、いっそうの支援をしてほしいと、父に願いでようと決めたのだ。なぜなら――

「……マルク様。好きで貧しく生まれる者など、おりませんわ。充分に食べ、学び、健《すこ》やかに生きたいと思うのは、富める者も貧しい者も変わりません……父から、そう教わりました」

ソレイユの言葉に、マルクが息をのむ。

「ええ、勿論《もちろん》、わかっております。その、仕事が嫌だというわけではないのです。確かに大変ではありますが、やりがいを感じてもおりますよ」

「……そうですか。それは、何よりですわ」

ニコリと笑って、ソレイユはグラスを口へ運んだ。こくりと喉を鳴らし、そういえば、とマルクの手元に目を向ける。

――どうして、二つあるのかしら。

マルクは両手に一つずつ、二つのグラスを持っていた。右手のグラスの中身は淡い金色。左手の中身は、色が濃く、ミントらしき小さな緑が浮かんでいる。

「……逃げられてしまいました」

ソレイユがいぶかしんでいることを察したのだろう。ひょいとマルクはグラスを掲《かか》げ、気恥ずかしそうに打ちあけた。

「逃げられた？」

「はい。……あの晩餐《ばんさん》で、ソレイユ様に励ましていただいて、もう少し積極的になってみようかと思ったのです」

彼は視線を落としたまま、ぽつぽつと語る。

「閣下のおかげで、どうにか一人立ちできたことですし、将来を共に過ごす伴侶を探したいと……今日、兄の代わりに夜会に出ることになって、いい機会だと思いまして……庭園で出会った令嬢に思いきって声をかけてみたのです。しばらく話をして『喉が渇いた』と言うので飲み物を取りにいって帰ってきたら……いなくなっていました。どうやら、ふられてしまったようです」

「それは……お気の毒に……」

ソレイユはマルクを憐《あわ》れに思うと同時に、気恥ずかしくなった。

――嫌だわ、私ったら……勘違いしてしまって……！

マルクから特別な思慕を抱かれているのかと思っていたが、違ったようだ。

気を使って避けていた自分が自意識過剰に思えてきて、ソレイユは耳たぶが熱くなった。

誤魔化《ごまか》すようにグラスを口に当て、空になっていることに気がつく。

「……ソレイユ様、お顔が赤いようですが……暑いのですか？」

「え？　ええ、少し……」

「よろしければ、お一つどうぞ」

右手のグラスを差しだされ、ちゃぷんと香る酒気に「いえ、お酒は結構ですわ」と首を横に振ると、マルクは「ああ、失礼しました」と慌てたように左手のグラスを差しだしてきた。

「こちらをどうぞ。果実水に蜂蜜《はちみつ》とミントを入れたものです」

「……ありがとうございます」

ソレイユはグラスを受けとり、軽く掲《かか》げる。

「では、マルク様の素敵な出会いを祈って……」

微笑《ほほえ》み、こくり、と一口ふくめば、とろり、とした蜂蜜《はちみつ》の甘さが舌に広がった。ほのかな苦みは、ミントだろうか。

「……爽《さわ》やかで、美味《おい》しい。林檎《りんご》と蜂蜜《はちみつ》、合いますわね。どちらに置いてありましたの？」

青服の給仕のトレーにはのっていなかった。

「食事のテーブルにデザートのトッピングとして用意されていたのを失敬して、加えました」

「まあ、では、マルク様のオリジナルですわね」

「気に入っていただけたなら何よりです」

「ええ。とっても美味《おい》しいですわ」

くすくすと笑いあい、他愛のない言葉を交わしながら、ソレイユは、ゆっくりゆっくりとグラスの中身を飲みほしていく。

「……本当に、美味《おい》しい」

——後でルイス様にも作ってさしあげようかしら……そろそろ踊りおわるころよね……

そう考えていると、マルクが「今日は水面の月が見事でしたよ。まるで、別世界をのぞきこんでいるようで、ゾクゾクするほどに……」と囁《ささや》く声が耳に届いた。

「……まあ、それは、すてき」

「見に行きませんか」

「……ですが、マルク様は、もうご覧になったのでしょう？」

「はい。ですが、もう一度見たいと思っていたところです。ぜひ、ご一緒させてください」

「……そう……では、お言葉に甘えて……お願いしようかしら」

「はは、よろこんで、ご案内いたします」

今夜のマルクは、いつになく明るく、ほがらかで。どうしてかソレイユまで、ふわふわと嬉しい気持ちになってくる。

手を取られて歩きだし、ソレイユはマルクに笑いかけた。

「……今夜のマルク様は、おしゃべりですのね」

「……ご不快ですか？」

「いいえ、楽しいですわ」

一歩一歩と足を進めながら、広間の喧騒《けんそう》が遠ざかっていく。

やがて、廊下を抜け、ひらいた扉から吹きこむ夜と緑の匂いを感じるころには、ソレイユの頭は白く靄《もや》がかかりはじめていた。

「……ソレイユ様」

名前を呼ばれ、ソレイユは、自分の腰にマルクの腕が回されていることに気がつく。いつの間にか彼にもたれかかっていたようだ。

「……あ、ごめんなさい」

慌てて身を起こそうにも、どうしてだか力が入らない。ゆるゆると目蓋《まぶた》が落ちてくる。

「……マルクさま、私……何だか変だわ……」

ソレイユは戸惑《とまど》いに声を上げるが、マルクは聞こえないそぶりで歩いていく。ソレイユの腰をしっかりと抱いたまま。庭園の奥へ奥へと。

よろりよろりと踏みだす足に、いよいよ力が入らなくなり、かくんとソレイユの膝が折れた。

くずおれそうになるのを強い力で引きあげられる。

「……あなたは本当に天使のようです、ソレイユ様。何せ、ルイス様のような方ですら愛せるのですから」

耳元で響く男の声に、ソレイユの霞《かす》む頭に今さらすぎる警鐘が鳴りひびく。

「マルク、さま」

「でも……」

ソレイユを抱きよせるマルクの声が、恍惚《こうこつ》を帯《お》びる。

「ルイス様でいいのなら……私だってかまいませんよね」

どろりと情欲を滲《にじ》ませた囁《ささや》きが頭に響いて、ソレイユの意識は遠ざかった。

＊＊＊

十一人目の令嬢と踊りおえたところで、ルイスは「実に楽しかったが、少し目が回ってしまったので失礼する」と言いおいて、いくらかまばらになった人の輪を抜けだした。

——ずいぶんとソレイユを待たせてしまったな……

襟元《えりもと》に指を入れて、ふう、と溜め息をつく。六人のはずが、いつの間にか数が増え、気づけば十一曲も踊るはめになっていた。

——まあ、いい運動にはなったか。

さして疲れを感じないのはアンリの鍛練《たんれん》のおかげだろう。以前のルイスならば、これだけ踊れば、みっともなく汗をかくはめになっていたはずだ。

——うむ。ソレイユに相応《ふさわ》しい男になるため、私は日々進化しているというわけだな！

ふふん、と満足げに頷《うなず》くと、ルイスはにぎやかな広間を見渡し、ソレイユの姿を探す。

——やはり、戻っていない……犬のところか……？

愛犬の間で子犬を愛《め》でているのだろうと考え、ルイスは広間を後にした。

上着を脱いで、腕にかける。夜も更けてきたせいか廊下は人影もなく、物寂しい。

コツコツと廊下を進みざわめきが遠ざかるにつれ、段々と頭が冷えてくる。

――そういえば、夜会で酒を口にしないのは初めてだな。

以前はソレイユが何を考えて微笑《ほほえ》んでいるのかわからず、「どうせ私になんて興味がないんだろう」とふてくされては酒を飲んで、あてつけのように他の女の腰を抱き、夜へと消えていた。ソレイユを一人残して。

――最低だな。

今さらながらに胸を引きしぼられるような後悔に襲われる。

――そういえば、今夜のソレイユは少し様子がおかしかった。

久しぶりの二人そろっての夜会で緊張しているのだろう――と思っていたが、かつてのルイスの仕打ちを思いだして「もしかすると今夜も……」と不安を覚えていたのかもしれない。

――きっとそうだ。ああ、私は何を浮かれていたのだ……！

先ほどルイスは令嬢と踊りながら、広間を出ていくソレイユを目にして、置き去りにされたような寂しさを感じた。

かつてのソレイユは、いつもあのような気持ちを味わっていたのだろうか。

愛しい人を目で追って、いなくなれば不安に駆られて。

——いや、もっとずっと辛《つら》かったに違いない。

ルイスはソレイユの愛を信じていられる。だが、あのころのソレイユは違ったはずだ。たった一人で周囲の人々の憐《あわ》れみと好奇の視線を浴びながら、いったいどのような気持ちでルイスの背を見送っていたのだろうか。

——本当に、最低だった。

過去の罪を悔《く》い、ルイスは、ぎりりと奥歯を噛みしめて足を速めた。

少しでも早く、彼女のもとへたどりつき、二度と一人にはしないと抱きしめるために。

愛犬の間の扉を叩《たた》くと、かたりと何かを動かす気配の後、するりとひらいた。ほのかな灯りが廊下にこぼれでる。

「どうぞ、お早く」

ひそめた従僕の声に頷《うなず》き、人が一人通れるだけの細い隙間にすべりこむ。そっと背後で扉が閉じられ、従僕が柵を戻したとたん、無数の獣の気配がルイスの足元に押しよせた。

どすん、と腹にかかる前足の大きさにルイスは目を細め、靴に穴をあけようとカリカリと掘る爪の小ささに口元をほころばせる。

無礼だ、などと咎《とが》めたりはしない。暗黙の了解で、この部屋では身分もしきたりも礼儀も問われないことになっている。

――相変わらず、ひとなつっこい犬ばかりだな。

のしかかるしなやかな猟犬の背を撫《な》でてどかし、むっちりとした手触りのテリアを足元から拾いあげて小脇に抱え、ルイスは室内を見渡した。

――いない……？

煌々《こうこう》と灯りがともされていた広間と違い、愛犬の間は壁の燭台《しょくだい》がポッポッとともっているだけで薄暗い。

目が慣れるのを待って、もう一度しっかりと見渡してみても、思い思いにくつろぐ客人の中にルイスの愛しい人の姿は見つけられなかった。

犬に埋まって顔が見えない令嬢がいるが、犬山からのぞくスカートは鮮やかな桃色《ももいろ》をしている。ソレイユではない。

――なら、庭か。

犬を愛《め》でおえ、庭の水鏡でも見に行ったのかもしれない。

ルイスは、そっと抱えた子犬を下ろすと扉横の従僕に声をかけた。深々と腰を折り、従僕が扉の前の柵をどかし、犬たちに低い声で指示をする。

よく躾《しつ》けられた大小の名犬は渋々と扉から離れ、ルイスを見送るようにしっぽを振った。

――確かに、可愛いな。

これならばソレイユが夢中になるのもわかる気がする。悔しいような思いで、ルイスは扉の隙間から廊下にすべりでた。

もと来た廊下を戻り、曲がってきた場所を通りすぎ庭園に出ると、ほどなく池が見えて、ルイスは立ちどまる。

――いない。

ルイスはソレイユの言葉を思いだす。ガゾン家で何がよかったと言っていただろうかと。

愛犬の間、水鏡、オランジェリー。だが、オランジェリーは昼に楽しむものだ。夜に行くとすれば逢引《あいびき》のためだろう。

――とすると……レストルームか……

さすがにそこまでは確かめに行けない。そもそもルイスはご婦人用の場所を知らなかった。

ふむと腕を組んで頷《うなず》くと、彼は踵《きびす》を返し、愛犬の間へ戻ることにした。

ソレイユの帰りを待つためではなく、従僕にレストルームの場所を尋ねるためだ。中に入らずとも、外から声をかけるのならばかまわないだろう。

――万が一、気分が悪くなって倒れていたら大変だからな。

廊下を戻り、再び愛犬の間をノックすると、かたりと柵を動かす音の後、扉がひらく。

「どうぞ、お早く」と聞こえた声は、愛らしい少女のものだった。

おや、と首を傾《かし》げながらも室内に入る。かしゃんと背後で閉じる扉と柵の音。

押しよせる名犬の群れをいなしつつ声の主へと顔を向けると、小さな令嬢がポカンとルイスを見上げていた。

「……やあ、スリーズ。城に来たときよりも背が伸びたな」

昨年、先代ガゾン伯爵が王城へ猟犬を届けに来たとき、彼女――ガゾン伯爵の孫のスリーズが犬の世話係の一人としてついてきた。先代伯爵と国王が話をする間、犬と一緒に行儀よく待機していた彼女を、暇をもてあましていたルイスが見つけて声をかけ、猟犬の芸を見せてもらったのだ。齢《よわい》十にして、なかなかの訓練士ぶりに、ずいぶんと感心したのを思いだす。

きっと今夜も犬たちの様子を見にきたのだろう。

「っ、あ……ごきげんよう、ルイス殿下、お久しぶりでございます」

慌てて頭を下げる少女に微笑《ほほえ》みかけながら、ルイスはここへ来た目的を伝えようとした。

「……スリーズ、頼みがある。少し、つきあってくれるか」

「……光栄に存じますが、わたくしには、少し早いかと思います……」

奇妙な間を置いて返された言葉にルイスは小声で言い返す。

「……違う、そうじゃない。今の私はソレイユひとすじだ……」

「……申しわけございません……」

ひそひそと囁《ささや》きかわし、犬をなだめて廊下に出た。

「……ソレイユが見当たらないんだ。愛犬の間にも、池にもいなかった。悪いが、レストルームを見てきてくれないか。倒れていないか心配なんだ」

「まあ、そういうことでしたら、お引きうけいたしますわ」

「ありがとう。頼む」

「いえ、いってまいります！」

スカートをつまんで腰を落とし、ととと、と駆けていく少女の背をルイスは祈るような気持ちで見送る。

けれど、五分の後、戻ってきたスリーズの隣にソレイユの姿はなかった。

「……一階と、二階と、どちらにも、いらっしゃい、ませんでした……っ」

大急ぎで走ってきたのだろう。はあはあと息を切らす少女に「ありがとう」とハンカチを差しだしながら、ルイスは眉をひそめる。

「……いったい、どこに行ってしまったんだ」

「……ご気分がすぐれず、お帰りになられたということはございませんか……？」

「それならば、私に何かしらの言づてを残してくれるはずだ」

馬車の手配もある。気分がすぐれず、部屋で休む場合でも、連れのルイスに何も伝えないということはない。

それとも、口もききたくないほど怒らせてしまったのだろうか。

——いやいや、そんなことは……ないよな……ない、と思うが……。

黙りこむルイスに「あの……」と、やさしい声がかかった。

「突然の体調不良でやむなく、ということもございますし……よろしければ、当家の執事に確認してまいりましょうか」

馬車の出入りを把握しているはずだというスリーズに、ルイスは「そうだな、頼む」と頷《うなず》こうとして「いや、一緒に行ってもいいだろうか」と言いなおす。

置いていかれていたとしても、それはそれでかまわない。少しでも早く、ソレイユの無事を確かめたかったのだ。

「はい」と頷《うなず》いたスリーズと連れだって、ルイスは執事のもとへ急いだ。

「……おや、お嬢様、いかがなさいましたか?」

ワインセラーから上がってきた執事は、スリーズを目にして品のよい顔をほころばせ、その背後からあらわれたルイスに目をとめると——一瞬ではあるが、ひどく険しいまなざしになった。

すぐに穏やかな執事の微笑《ほほえ》みに覆《おお》いかくされたが、年代物らしきワインボトルをグッと握りしめたのをルイスは見逃さなかった。溜め息と共に首を横に振る。

「違う。スリーズを口説《くど》いたわけではない。ソレイユが見当たらないんだ」

ルイスの言葉に執事はホッと表情をゆるめ、すぐさまハッと引きしめた。

「……それは、ご心配でございましょう」

「ええ。セバス、ソレイユ様はお帰りになってはいないのよね?」

「はい」

「ここ一時間で帰った馬車はあるか?」

「いいえ、今夜はまだ、お帰りになったお客様はいらっしゃいません」

「……そうか」

ルイスは、じわりとこみあげる嫌な予感に唇を引きむすぶ。

帰ってもいない。戻ってもこない。となると――ソレイユが自分の意思では動けない状態にある可能性がある。

「……スリーズ」

「はい、殿下」

「犬を貸してくれないか」

「えっ」

「ソレイユに探偵犬の話を聞いた。匂いをたどって物を探す訓練を受けた犬がいるんだろう？　貸してくれ」

ガゾン伯爵に頼んで人を出させてもいいが、きっと犬のほうが早く、確かだ。

それに――とルイスは目を伏せる。

もしもソレイユがルイスの過去の仕打ちを思いだし、どこかで静かに涙を流しているのならば、騒ぎを大きくすることは避けたい。妙な噂《うわさ》を立てられて傷つくのはソレイユだ。

――ただでさえ、私のせいで、彼女には迷惑ばかりかけてきたのだから……。

どうしたものかと戸惑《とまど》うスリーズに、ルイスは「頼む」と頭を下げた。

「っ、殿下、いけません！　わたくしのような者に頭を下げるなど……おやめくださいっ」

スリーズが慌てたように執事の顔を見上げると、彼は励ますように頷《うなず》く。

「……わかりました。……マチュー！」

少女の呼びかけに、少し離れたところで控えていた従僕が駆けよってくる。

「ブランシェを連れてきてちょうだい。すぐによ！」

「はい！　すぐに！」

くるりと駆けていく従僕を見送りながら、ルイスはホッと息をついた。

「……あの、恐れながら、ルイス殿下」

「何だ、スリーズ」

「ソレイユ様をお捜しするためには、犬に、ソレイユ様の匂いを覚えさせなくてはなりません。何かソレイユ様が身につけていらした物をお持ちでしょうか？　なければ、馬車からクッションを取ってこさせますが……」

「持っている」

しっかりと頷《うなず》き、ルイスはベストのポケットからビロードのコンパクトを取りだした。

手のひらほどの大きさのそれは、ソレイユの細密肖像画《ミニアチュール》だ。パカリとあければ、ふわりと中から白い布がこぼれでる。そうっとつまんで持ちあげると、微笑《ほほえ》むソレイユの絵姿があらわれた。

「……ソレイユのフィシューだ」

「おあずかりいたします」

ルイスが差しだした布を恭《うやうや》しく受けとり、ぽつりとスリーズが呟《つぶや》く。

「……ソレイユ様の肖像画を持ち歩いていらっしゃるのですね」

「ああ、いつでも彼女の姿を見られるようにな。香水もあるぞ。この二つがあれば、いつでも彼女と一緒にいる気分になれるんだ」

「……さようでございますか」

「香水もあったほうが捜しやすいか？」

そう言ってルイスが別のポケットから小さな香水を取りだすのを、スリーズは「いいえ、こちらだけで充分ですわ」と首を横に振った。

「そうか。よろしく頼む」

重々しく頷《うなず》いて香水を戻すと、ルイスは従僕の帰りを待つ。

やがて、息を切らした従僕が純白の猟犬を従えてあらわれ、その鼻先に絹のフィシューが差しだされる。つやりとした漆黒《しっこく》の鼻が忙《せわ》しなくうごめくのを、ルイスは息をひそめて見守った。

「……ブランシェ、お願い！」

スリーズの言葉に猟犬は頷《うなず》くように小さく吠え、そろりと歩きはじめる。

「ありがとう。後は私一人で追う」

ルイスの言葉にスリーズが執事を見上げ、彼は心得たように頷《うなず》いた。

「私もご一緒いたします、ルイス殿下。邸内の鍵が必要になる可能性もございますでしょう」

「……そうか、ありがとう」

「お嬢様、旦那様と奥様へ――」

「伝えるわ。殿下、お気をつけていってらっしゃいませ」

「ああ、ありがとう」

礼を言い、ルイスは執事と共に遠ざかりゆく白い犬を追いかけた。

猟犬は床の匂いをたどるように、ゆっくりと廊下を進み、やがて、愛犬の間を通りすぎたところで、すん、と頭を起こす。

大きく鼻をうごめかせ、おん、と勇ましく吠え声を上げて――

「っ、殿下……！」

放たれた矢のごとく床を蹴った犬を追い、ルイスは廊下の先、庭園を目指して駆けだした。

＊　＊　＊

つんと鼻に刺さる臭いに、ハッとソレイユは目を覚ました。

気つけ薬を嗅《か》がされたのだろう。大きく息を吐くと、けほり、とむせる。

何だか舌が甘い。ねとりとした何かが喉に絡みつくような感覚に眉をひそめる。けほり、また一つ咳《せき》をこぼし、口を拭《ぬぐ》おうとして――両手が動かせないことに気がついた。

後ろ手に交差した腕、その肘から先をたばねるように、ぐるりと布が巻かれて戒《いまし》められている。手触りからして包帯か何かだろうか。まるで病院の拘束衣のようだ。ソレイユはゾッとした。

「……マルク様、どういうおつもりですか」

傍《かたわ》らに膝をつく男に向かって、静かに問いかける。

「私に、何を飲ませたの」

「グラスに入れたのは、ただの眠り薬ですよ」

悪びれもせずにマルクは答えた。

「……何が目的ですか」

彼を睨《にら》みつけながら、ソレイユは視線をめぐらせる。

——ここは……オランジェリーね。

南向きに並んだアーチ型の窓から月明かりがさしこんでいる。その明かりがとどかぬ壁際、掃き清められた石の床にソレイユは転がされていた。

「誰にも邪魔をされない場所で、二人きりで話がしたくて。……とっても親密なお話をね」

マルクの言葉にソレイユは押しだまった。

レンガ造りのオランジェリーは屋敷から少し離れている。叫んだところで届かないだろう。

今夜が愛犬家のための夜会でなければ、もっと庭を歩く客が多かったはずだ。オランジェリーに目をとめて、逢引《あいび》きに使おうとのぞきこむ者もいたに違いない。

マルクは、それも計算の上だったのだろうか。

ソレイユは唇を噛みしめる。どうして自分の直感を信じなかったのか。怖いと感じたことを恥じて、思いすごしだと笑った結果が、これだ。

「……話すことなど、私は、ありません」

毅然《きぜん》と告げるつもりが声が震えた。きゅっと唇を引きむすび、こくりと唾液をのみこんで、ソレイユは小さく息をつく。やけに喉が渇いていた。

「そうですか。では、言葉ではなく、別の対話を試みましょうか」

マルクの言葉にソレイユはハッと息をのみ、後ずさる。だが、わずかにひらいたその距離はマルクが身を乗りだした一瞬で埋まってしまう。

「……ソレイユ様」

とんとマルクが壁に手をつき、ソレイユの上に闇が落ちた。

「あんな甘ったれでわがままなルイス様よりも、私のほうがましですよ。閣下もおっしゃっていたではないですか。『ルイスとの婚約を破棄して、マルクと結びなおしては？』と……」

「あれは、冗談で……」

「私は本気です。ソレイユ様……どうか、私の物になってください」

逆光で翳《かげ》る顔。白い歯が光り、マルクが歪《ゆが》んだ笑みを浮かべているのがわかった。

「……落ちついて。あなたの気持ちはわかりました。けれど、このようなやりかたでは、あなたを愛することなどできません。今なら、まだ間に合うわ。思いなおして……！」

「手遅れですよ。ここであっさり、あなたを解放したら私はどうなります？　何一つ手に入らないまま破滅です。冗談じゃない。……ああ、『今夜のことは、誰にも言わないから』

なんて、安っぽい取引をもちかけたりしないでくださいね」

今まさに、そう口にしようとしていたソレイユは目をそらす。

「そんなものいくらでも後で反故《ほご》にできる。信じるだけ無駄です。正直者がいつだって馬鹿を見る世界ですから」

淡々と語る声が奇妙なほどやさしく響いた。

「……ねぇ、ソレイユ様。その美しい唇で、くだらない嘘などつかないでください」

マルクの指が唇に触れ、そろりとなぞる。

ざわりとソレイユの背を這《は》ったのは怖気《おぞけ》と、もう一つ。

――何、今のは……？

ぱちりと見ひらいた新緑の目が戸惑《とまど》いにゆれる。

好きでもない相手に触れられたところで悍《おぞ》ましいだけだ。それなのに、確かに一瞬、ほんのひとかけら。甘い痺《しび》れが走った。

「っ、待って、マルク様」

ソレイユは戸惑《とまど》いを振りはらうように声を上げる。

「ずっと……そうよ、医師になるため、ずっと頑張っていらしたじゃない！　せっかく人生を自分の力で切りひらいて、これからというときに、今まで積みあげてきた努力を、だいなしになさるおつもり？　どうか冷静になってちょうだい……！」

必死に語りかけるソレイユの言葉に返ってきたのは、乾いた笑い声だった。

「……マルク様？」

「そうですねぇ、頑張ってきましたよ。今まで、ずっと。先に生まれたというだけで何の努力もせずに跡継ぎとなった兄と違って、私は、ずっと頑張ってきました。でも……その結果、得たものは何です？　あんな仕事、冗談じゃない！」

マルクは声を荒らげ、吐きすてる。

「毎日毎日、能なしの薄汚い貧乏人を相手にして！　うんざりだ！　どれほど丁寧に病状を説明したところで、まるで理解しようともしない。『よくわからないけれど、治ればそれでいいですよ』などと笑って、『先生は愛想がないね』なんて軽口まで叩《たた》いてくる！実際に肩を叩《たた》く奴まで……薄汚れた手で！　悍《おぞ》ましい！　努力の結果得られるのが、あんなものならばいりません！」

震える声から滲《にじ》む、いや、噴きだす嫌悪と怒りのすさまじさにソレイユは言葉を失った。

この男は誰なのだろう。ソレイユが知るマルクは物静かで、内気で、それでも真面目で努力家な青年だ。それが、これほど激しい鬱屈《うっくつ》を隠していたとは。

「……おや、ソレイユ様。すみません。怖がらせてしまいましたか？」

マルクの言葉に、ソレイユは自分が震えていることに気がついた。ふくろうに怯《おび》える小鳥のように、かたかたと。

「っ、……ぁ」

「ああ、可哀想に。声も出せないほどとは……まあ、そうですね。ソレイユ様は誰かに怒鳴られたことなどないでしょうから」

奇妙な猫なで声で囁《ささや》きながら、マルクはソレイユの頬を撫《な》でる。

「恵まれたお育ちでいらっしゃる……ルイス様とおんなじで……」

ルイスの名にソレイユがピクリと身じろぐと、マルクは小さく笑い、すっと指先をすべらせた。

「っ、ゃ」

まただ。悍《おぞ》ましさにまじる微《かす》かな快感。どくりと鼓動が速まり、ソレイユの額《ひたい》に汗が滲《にじ》む。

「最低の男ですよね、ルイス様は。それに、ずるい」

「……ずるい？」

「ええ、ずるい。今まで散々好き勝手をしておいて、ほんの少し反省しただけで、あなたも公爵家も、何もかもを手に入れるなんて……あまりにもずるい。あまりにも不公平だ。どうして、あんな屑《くず》を見捨てなかったのですか？　あんな顔がいいだけの屑《くず》、城を叩《たた》きだされて、路地裏でのたれ死ねばよかったのに……いや、あれだけの顔ならば、いい男娼になったかもしれませんねぇ」

はは、と響く嘲笑《ちょうしょう》にソレイユは唇を噛みしめた。こみあげる怒りのせいだろうか。身体が熱い。

言いかえしてはいけないと思いながらも、唇をひらかずにはいられなかった。

「確かに……これまでのルイス様は屑《くず》と呼んで差しつかえのないような方でした……ですが、人の価値が決まるのは、その命が尽きるときです」

ソレイユは声に力をこめる。

「これからのルイス様はきっとよき領主になります。あまたの民を救い、導く、立派な領主に……私は、それを支えていきたいのです。妻として、あの人の隣で！」

だから、あなたの物にはならない——そうきっぱりと告げるとマルクから笑みが消えた。

「……あなたも同罪だ」

ぽつりと響いた声は、名状しがたい怒りに満ちている。

「あんな男を許して受けいれて……所詮《しょせん》、あなたも苦労知らずの上級貴族だな」

はっ、と乾いた笑いをこぼすと、マルクは「もういい」と懐《ふところ》に手を入れ、するりと取りだした。親指ほどの小瓶と――鞘《さや》におさめられた短剣を。

ひ、と息をのむソレイユの顔にマルクの手が伸びる。がしりと顎《あご》をつかまれて、きゅぽん、と栓が抜ける音を聞いた。

「……安心してください。ルイス様がつかまされた粗悪な混ざりものとは違います。一番いい品を譲ってもらいました。とりすました淑女を娼婦に変える、極上の媚薬ですよ……」

楽し気な囁《ささや》きにソレイユは口を閉じようとするが、ごり、と頬に痛みが走り、こじあけられる。かつんと歯を打つ衝撃の後、どぷりと甘い液体が流しこまれた。

「――っ、ぐ、んん～～っ」

吐きだそうとしたが、手のひらで口を塞《ふさ》がれる。

「ああ、もう、大人しく飲んでください。痛いのは嫌でしょう?」

嘲笑《あざわら》う声に首を振り、ソレイユは夢中でもがいた。がつがつと肘や背がぶつかるのもかまわず、雪の上を転げる犬のようにゴロゴロと身体をよじって。

「――っ、はっ、えほっ」

押さえつける手を振りはらい、口の中のものを吐きだした。

何度も何度も咳《せ》きこみ、えずく。はあ、と息をついたところで、そっと背に大きな手が触れた。

びくり、と身をすくめると「大丈夫ですか、ソレイユ様」とやさしく背を撫《な》でられる。

グッとマルクが顔を近付ける気配がして――

ふう、と首すじをなぞる息に「んっ」と甘い吐息がこぼれ、ソレイユは絶望に身を震わせた。

――嘘。ほとんど、飲んでいないのに……！

じわりと噴きだす汗。ドクドクと早鐘を打つ鼓動。急激な身体の変化に戸惑《とまど》う。

あれほど少しの量で、これほど早く効果が出るものなのだろうか。

はあはあと乱れる息のもと、ソレイユは頭をめぐらせる。

そうだ。少し前から、何だかおかしかった。目覚めたときに舌に残っていた奇妙な甘さ。やけに喉が渇いて、ドキドキして。緊張からくるものかと思っていたが……

とろりと舌に残る味を確かめて、ソレイユは答えにたどりつく。

「……眠っている間に……飲ませていたのね……！」

きっと睨《にら》みつけると、マルクはひどく楽しそうな笑い声を立てた。

「ええ、そうです。さすが、ソレイユ様はおさとい」

「卑怯者《ひきょう》……！」

眠っている間に襲うこともできたはずなのに、マルクは、あえて媚薬が効きはじめるまで待っていたのだ。

「あなたのためですよ、ソレイユ様。媚薬の効果が出るのには時間がかかる。即効性のある媚薬は抜けるのも早いですからね。これは、じんわり長く楽しめるそうですから……たっぷりと悦《よろこ》ばせてさしあげます」

にやりと笑うとマルクは短剣をつかみ、すらりと抜きはなった。きらめく白刃《はくじん》にソレイユは目を見ひらく。

「……どうする、つもり」

「大丈夫、ソレイユ様を傷つけたりしませんから……ただ、邪魔なものを取りのぞくだけです」

鋭い切先が向けられたのは、ソレイユの胸元。ぶつり、と金色の薔薇《ばら》が刈りとられ床に落ちる。ついで、ストマッカーを縫いとめる糸が、ぶつり、ぶつりと切られていく。

「待って、やめて……」

マルクの手をとめる言葉を、と必死に頭をめぐらせ、ソレイユは口をひらいた。

「純潔を奪って、夫になろうというのなら無駄よ……！」

「……もうルイス様に捧《ささ》げたから？　はっ、それは残念。天使だと思っていたのに……ただの淫売でしたか。まあ、いいです。あなたを抱いて、孕《はら》ませられれば、それで。夫になれずとも、それで腹の虫がおさまりますから。私は国を出て、どこかでのんびり町医者でもやっていきますよ」

「……何を言って……」

「私の物にはならないのでしょう？　ならば、もう結構。その代わり、私の子を産んでください。あなたの子ならば、公爵もルイスも殺せない。私なんかの種が公爵家の子として育つのかと思うと……くく、愉快でなりません」

肩を震わせて笑う男を見上げ、ソレイユはゾッとした。

大人しい奴ほど、思いつめたときが怖いからな——ルイスの忠告を今さらながらに思いだす。

どうしてあのとき、聞き流してしまったのだろう。

「……いや」

震える声をふりしぼると、自由になる足を動かしてマルクを蹴りつけた。

「っと、ソレイユ様、危ないですよ。ジッとしていれば、すぐに終わらせてあげますから」

ぶれた短剣がドレスを裂くのを感じたが、ソレイユは従わず、踵《かかと》で床を蹴ってマルクの下から抜けだそうともがく。

——絶対に、いや……！

マルクには抱かれたくない。

どれほど美しくとも、これは自分が欲しいものではないと魂《たましい》が叫んでいた。

「……ああ、もう」

溜め息をついてマルクが身を起こす。後ずさる姿に、諦めてくれたのだろうか、とホッと息をついたところで、ひゅんと風を切る音。短剣がソレイユの脚の間に突きささった。

ひ、と動きをとめた次の瞬間、鋭い音を立ててガウンペチコートが切りさかれる。アンダーペチコートもパニエもまとめて、一直線に。

ばさりとめくられ、汗ばむ肌を夜風が撫《な》でた。やわらかな太ももを硬い男の指が這《は》い、そのあわいへとすべりこもうとするのを、ソレイユは渾身《こんしん》の力で膝を閉じあわせて拒む。

「っ、いい加減、諦めてくださいよ……！」

低い声が響き、ソレイユの頬に衝撃が走った。

「ひらきたくないなら結構。やりかたは、いくらでもありますからね」

肩をつかまれ、ごろりと転がされ、床で胸を打つ。

けほり、と咳《せ》きこんだところで、背後からのしかかられた。

スカートをめくられ、腰を引きあげられて、ソレイユが絶望の叫びを上げたとき——

おん、と高らかな犬の吠え声が響いて。

「——ソレイユ、そこにいるのか⁉」

待ちわびた声がソレイユの耳に届いた。

「……ルイス、さま……っ」

曇《くも》ったガラス窓の向こうに透《す》ける人影に、ぽろりと涙があふれる。

「……ソレイユ、どうした、泣いているのか？　一人にしてすまない。いやぁ、いつの間にやら踊る人数が増えてしまってな……」

のんびりと動く影をゆれる視界で追いながら、ソレイユは息を吸いこむ。

「ルイスさまっ」

助けて、と声を上げようとした口をマルクの手が塞《ふさ》いだ。

「追いはらってください」

ぼそりと命じられ、ソレイユは首を横に振る。

「……殺しますよ」

マルクは囁《ささや》く。

「今のルイス様ならば、あなたを人質にすれば命を差しだすでしょう。あなたの前で、切りきざみます。嫌ならば、追いはらってください」

　頭に浮かんだ光景にソレイユの身体が震えはじめる。

「ん？　鍵がかかっているのか……ソレイユ、あけてくれ」

　がちゃりと扉が鳴るのにマルクは舌打ちをすると、窓からさしこむ光を避けるようにレンガの壁に身を寄せながらソレイユを扉の脇まで引きずっていく。

「ソレイユ、頼む。……一人にしたことを怒っているのなら、何度でも謝るから……っ」

　しょんぼりと許しを乞《こ》う声に、ソレイユの胸はかき乱される。どうしてこの状況に気づいてくれないのかというもどかしさと、この人を傷つけたくないという愛しさで。

　もう一度、ルイスの呼びかけが響いたところで、ガラス窓の向こうを黒い人影が走っていくのが見えた。

「……ルイス様っ、ソレイユ様は……っ」

「ここだ。セバス、ここの鍵はあるか」

「はい、ございます」

　息を切らしているのはガゾン家の執事だろう。鍵束の音に、また一つマルクが舌打ちをする。

「……ありがとう。……すまないが、ブランシェを連れて先に屋敷に戻っていてくれるか」

ルイスが言葉を切り、うう、と犬の唸《うな》り声が聞こえた。

「怒るなよ、ブランシェ。ソレイユに撫《な》でてもらいたいのなら、後にしてくれ。二人きりで、話がしたいんだ」

「かしこまりました。……行くぞ、ブランシェ」

執事の声に渋々といった吠え声が応えて、窓の向こうを一人と一頭の影が横ぎっていった。

「ソレイユ、これでもう二人きりだ……言いたいことがあるのなら、言ってくれ……どんな恨み言でも受けとめるから。君なしではもう、私は生きていけない。……あけるぞ」

がちゃり、と鍵が回る音。視界の端でチラつく短剣に、ソレイユは覚悟を決める。

「……帰ってください！」

今、身を挺《てい》して危険を知らせるのは簡単だ。

だが、それでルイスがよろこぶはずがない。ここで死ぬわけにはいかない。たとえ、この身を穢《けが》されようとも。はふ、とこぼれた息の熱さに、ぎりり、とソレイユは奥歯を噛みしめた。

――いいえ、穢《けが》されたりなどしない。

たった一度抱かれたくらいで、マルクの物になどなりはしない。媚薬の熱と恐怖にゆらいでいたソレイユの瞳に、ポッと強い光がともる。

——私は、ルイス様の物よ。

ルイスがいなくなったら、口での奉仕をマルクに願いでようと決めた。

——噛みちぎってやるわ。

舌でもいい。喉でも。必ず、思い知らせてやる。

ふう、と心を落ちつかせるように息を吐き、ソレイユは声をふりしぼった。

「帰って！　今、あなたと話をしたくない！　一人にして！」

きんと響いた叫びが消えて、しんと沈黙が落ちた。回りかけていたノブが元に戻り、ソレイユはホッと息をつく。

「……いやだ」

すねたような声が扉の向こうから聞こえた。

「帰らない。君と一緒でないといやだ。いやだったら、いやだ！」

「っ、ルイス様」

このようなときに何を言っているのだろう。焦るソレイユの視界で、がちゃりとノブが回る。

ダメ、と叫ぼうとしたソレイユの口をマルクの手が塞《ふさ》いだ。

必死に目を動かして見上げると、マルクはニヤリと笑い短剣をかまえている。扉がひらき、入ってきたルイスを刺す気なのだろう。

ふりほどこうともがいたところで、きぃ、と扉がひらいた。

細く流れこむ光にソレイユの背すじが凍る。もはや、なりふりかまってなどいられない。

思いきってマルクの手のひらに噛みつくと、どん、と部屋の奥へ突きとばされる。

どさり、と倒れて悲鳴を上げた瞬間――

「ソレイユ、大丈夫か!?」

ばん、と扉がひらき、豪奢《ごうしゃ》な上着がひるがえる。

マルクが横からそれにぶつかっていって――いやっ、とソレイユは顔を伏せた。

えっ、と驚く声、がっ、と何かがぶつかり倒れる音。そして――

「――くそっ」

悔し気に響いた声は、マルクのものだった。

ソレイユはハッと顔を上げる。ひらいた目に飛びこんできたのは、窓際に転がるマルクと、すらりと剣を抜きはなち、ソレイユを守るようにして立つルイスの姿だった。

「……ソレイユ、大丈夫か」

穏やかな声にソレイユの瞳から、とまっていた涙があふれる。

「ルイス様、どうして……？」

「ブランシェが教えてくれたよ。もう一人いるぞ、性根の腐った奴の臭いがするってな」

「くそ、安っぽい小細工しやがって……！」

膝をつくマルクの手には、短剣の柄《つか》が生えた豪奢《ごうしゃ》な上着が握られていた。あらかじめルイスは上着を脱ぎ、囮《おとり》に使ったのだろう。

「その安っぽい小細工に引っかかって転がされた気分はどうだ、マルク？」

ひょい、と足を引っかけるようなルイスの仕草に、マルクの顔へ憤怒《ふんぬ》の色が広がる。

ぴぃ、と布を裂く音と共に短剣が引きぬかれて、ルイスが床を蹴った。

月光に二つ白刃《はくじん》がきらめき、次の瞬間、マルクの悲鳴がオランジェリーに響きわたった。

＊　＊　＊

執事が連れてきた下男たちに引きたてられていくマルクの背に向かって、ルイスが問いかけた。

「……どうして、こんなことをした」

すると、マルクは笑った。右肩から血を流しながら、楽しそうに。

「あなたのような屑《くず》でいいのなら、私でもいいでしょう？　そう、思った。それだけです」

ルイスは一瞬唇を噛みしめ目を伏せたが、凛《りん》と顔を上げて命じた。

「そいつの口を塞《ふさ》いで、朝までどこかへ閉じこめておけ。夜会の邪魔にならないようにな」

それから、血相を変えて駆けつけてきたガゾン伯爵夫妻に「すまないが、部屋を貸してくれ」と頼み、ソレイユを横抱きに抱えあげた。

「……はい、勿論《もちろん》、今すぐに！　ああ、スフェール家にも伝令を――」

「いいえ」

ソレイユは羽織《はお》ったルイスの上着の前を強くかきあわせ、首を横に振る。その拍子に額《ひたい》に浮かんだ汗が、ぽたりとしたたった。

「明日にしてください……お父様を、起こしたくない。きっと駆けつけてくるわ……、っ、今は、会えません」

「しかし……」

「いいえ。犯人も捕まり、私も、怪我《けが》はしておりませんから、今は、呼ばないで……っ」

ルイスに抱かれながらも、じわじわと身体の芯《しん》からこみあげる熱に、ソレイユは、こぼれそうになる甘い吐息を噛みころす。

「……ソレイユ？」

どうしたと尋ねようとするルイスの肩に顔を伏せ、もう一度、首を横に振った。

「休めば、落ちつきます……だから……」

ふ、ふ、と肩にかかる吐息の熱さに、ルイスは何かを察したように目を細めると、伯爵に向きなおった。

「ガゾン伯爵、ソレイユはすぐにでも休みたいようだ。明日にしてくれるか」

「……え、ええ。では、そのように」

ようやく伯爵もソレイユの様子がおかしいことに気がついたようだ。床に転がる小瓶に目をやると痛ましそうに頷《うなず》いて、傍《かたわ》らに控える執事に視線を向ける。

「……それでは、お部屋へご案内いたします」

深々と腰を折り、踵《きびす》を返した執事を追って、ルイスはしっかりとした足取りで歩きはじめた。

＊　＊　＊

「……湯とお着替えは、いつお届けすればよろしいでしょうか」

執事の言葉にルイスは「そうだな、ソレイユが落ちついてからにしてくれ」と微笑《ほほえ》んだ。

「——かしこまりました。後ほど、お届けいたします」

一瞬の沈黙の後、そう答え、察しのいい執事は速《すみ》やかに客室を出ていった。

足音が遠ざかり、しんと沈黙が広がる。ルイスはソレイユを寝台に運び、そっと下ろして上着を脱がせると、引きさかれたドレスに手をかけた。

ほつれた糸を引けば、すっとストマッカーが外れる。前あきのドレスを脱がし、コルセットの紐《ひも》をほどき、ペチコートの結び目をしゅるりと引いて……。

一枚一枚、剥《は》がれるごとにソレイユの身の内で渦《うず》まく熱が上がり、息が乱れていく。

——ああ……どうして、何も言ってくださらないの。

ルイスはジッと押し黙ったまま、ソレイユの衣服を剥《は》ぎとっていく。

シュミーズ一枚を残し、絹のストッキングを留めるリボンをほどかれたところで、ソレイユは沈黙に耐えかね、唇をひらいた。

「ルイスさ——」

「別れないからな」

ぽつりと聞こえた言葉にソレイユは首を傾《かし》げる。

「……どういう、意味でしょうか」

「私のせいなのはわかっている。私があまりにも屑《くず》だったから、こんな私を愛してくれた君まで軽く見られてしまったのだと……だが、いやだ。そばにいてほしい。共に生きたい！　別れない……絶対に！　君がどうであれ、私は君でないとダメなんだ！　絶対に君と結婚する！　絶対だ！」

傲慢《ごうまん》ともいえるルイスの言葉にソレイユの視界が滲《にじ》み、ぽろりと頬を雫《しずく》が伝う。

「……はい、別れません」

本当は不安だった。ルイスに嫌われてしまったかもしれないと。あのような場所に連れこまれたのは、ソレイユにも隙があったのではないかとなじられるかもしれないと。

「よかった！　……怖かっただろう、可哀想に」

こぼれた涙を拭《ぬぐ》い、離れようとする指を追いかけ、そっとソレイユは口付ける。

「……ソレイユ」

甘い声。するりと唇をなぞられて、むず痒《がゆ》いような痺《しび》れが走る。

あ、と吐息がこぼれた。するりと挿しこまれた指に、ちゅ、と吸いつけば、ルイスが熱を帯《お》びた溜め息をつく。

「……ソレイユ、実を言うと、今の君に、触れてもいいものかと少しだけ迷っているんだ……媚薬なんて、卑怯《ひきょう》だよな」

かつての自分の罪を思いだしているのかもしれない。自嘲《じちょう》が滲《にじ》む言葉に、ソレイユは、かり、とルイスの爪に歯を立て、そっと囁《ささや》いた。

「……あなたなら、かまいません」

「ソレイユ……ッ」

息をのみ、くしゃりと顔を歪《ゆが》めて、ルイスはソレイユを押したおした。

「っ、ぁ」

ずしりとした重み、背に回り強く抱きしめる腕の確かさ。甘い香水と汗の匂い。

広い背に手を回し、深く息を吸いこんでソレイユが感じたのは、泣きたいほどの安堵《あんど》と噴きあがるような熱情。

「……あなたが、いいの」

ソレイユは囁《ささや》く。あなたが欲しい、と。

「私もだ、ソレイユ。君だけが欲しい」

とろりと熱っぽい囁《ささや》きが耳をくすぐり、ソレイユはきゅんと下腹部がしぼられるような疼《うず》きを覚えた。

頬を撫《な》でられ、そっと唇が重なり、あけろとなぞる舌をよろこんで受けいれる。

「ん……っ、ぅ、……は、ぁ」

ちゅくり、ちゅくりと絡められる舌はなめらかな快感をもたらし、子猫をあやすように上顎《うわあご》をくすぐられるのはゾクゾクとむず痒《がゆ》いような甘い痺《しび》れをもたらす。

そのどちらもソレイユの身体の芯《しん》をやさしく炙《あぶ》って、とろりと奥から、とろかしていった。

「……っ、ん」

もぞりと膝をすりあわせるだけで、言葉に出してねだるまでもなく、大きな手が這《は》わされる。膝を撫《な》で、ゆるく閉じた脚をくすぐるように、しっとりと汗ばむ太ももの内側へ。

「白いな、ソレイユは……」

「っ、あ……くすぐった……っ」

つつ、と静脈をなぞるようにすべる指がもどかしく、熱に急《せ》かされるようにソレイユは自ら脚をひらく。

「ルイス、さま」

濡れた声で名を呼べば、ごくり、とルイスが喉を鳴らし、背をかがめた。

「きゃっ」

膝をつかまれ、ぐいと横に押されて大びらきになったその間に、彫像めいた美しい顔が近付く。

羞恥《しゅうち》にソレイユが目を閉じると、ももの内側を吐息がなぞり、ちゅ、と唇が押しあてられた。ちくりとした痛みが走る。

んっ、と喘《あえ》いで目をあけると、淡雪の肌にポチリと紅い花が咲いていた。

するりとルイスの視線が上がり、ソレイユの視線とぶつかる。

「あ……」

たっぷりの欲と愛しさをたたえた碧玉《へきぎょく》の瞳に見すえられ、ソレイユは魅入られたように動けなくなる。

ジッと視線を絡めたまま、ルイスの唇が脚の付け根に寄せられるのを見ていた。

「ソレイユ」

名を呼ばれ、熱く潤《うる》む場所へとかかる吐息に、知らず背が震える。ソレイユの膝をつかんでいたルイスの手が膝裏に移り、そっと押しあげられる。

「自分で、ひらけるかい」

かけられた言葉に、また一つ震えが走った。

新緑の瞳が左右にゆれ、ルイスの手が塞《ふさ》がっていることを確かめる。はふ、と吐息を一つこぼして、手を伸ばした。

細い指がふっくらとした割れ目にかかり、覆《おお》い隠すように添えられる。けれど、じっとりと指を湿らせる熱気がソレイユをためらわせた。

「……ソレイユ、それでは舐《な》められないだろう？」

「っ、や……みられたくな……っ」

甘く窘《たしな》める声にピクリと身を震わせて、ソレイユは首を横に振る。ずくんずくんと疼《うず》くそこは、きっとひどいことになっている。

「あなたならかまわない、と言ってくれたじゃないか……見せてくれ」

甘くねだる声に促《うなが》され、きゅっと目をつぶると、ソレイユは震える指をひらいた。

くちゅりと濡れた花弁がほころぶ音が響く。とたん、かかるルイスの息が乱れ、快感がソレイユの芯《しん》を貫《つらぬ》いた。

「〜〜〜っ」

とぷとぷと蜜をこぼす入り口を熱い舌が這《は》いまわり、じゅるりとすすられ、腰が跳ねる。

「ん、ソレイユ、しっかり広げてくれ」

「うう、はい……っ」

ぬるりと外れそうになる指に力をこめて、クッとひらきなおすと、「ん」と満足げな吐息が花芯をくすぐった。

「……ああ、こんなに小さいのにピンと立っていて……健気《けなげ》で、可愛いな……」

慎《つつ》ましく包皮に隠れていた快楽の芽は、媚薬に染まって赤く熟《う》れ、ぴょこりと顔をのぞかせている。くふ、と喉の奥で笑ったルイスが、ちょんと舌先で花芯をつついた。

「ひゃっ」

ちくりと走る刺激にソレイユの腰が逃げる。けれどがしりと太ももを抱えこまれ、引きもどされた。やわらかな肌に食いこむ指の強さに、ソレイユは息を喘《あえ》がせる。彼も興奮しているのだ。

ひくりとうごめいた蜜口から新たな蜜がこぼれて熱い舌にすくわれる。ちゅぴりと花芯に塗りつけられて、そのまま、ゆっくりゆっくりと押しつぶされていく。

じわじわとこみあげる快感に、ソレイユは色めいた吐息をこぼした。

「……あ、それ……きもちぃ――っ、ぁあっ」

そう呟《つぶや》いた瞬間、ぢゅっと花芯を吸いあげられた。のどかな快感から一転、腰の奥に突きささるような衝撃に声が裏返る。

ふくれた快楽の芽がルイスの唇で剥《む》きだしにされた。こりこりと尖らせた熱い舌で転がされ、じゃれつくようにはじかれる。

「ああっ、あ、やっ、くぅ、――ん、ふ、ふぅっ」

あられもなくあふれる声をとめようと片手で口を覆《おお》いながら、ソレイユはもう片方の手でルイスの頭を押しやろうとした。

輝く白金の髪に指をもぐらせ、ぐいと押すと、彼が嫌々と首を横に振る。ぐちゅちゅと花芯を左右にこねられ、ソレイユは息をのんだ。

「ふ、ぅう――んんぅ……っ」

長い睫毛《まつげ》を伏せ、ちゅぱちゅぱと花芯に吸いつき熱心に舐《な》めしゃぶる彼の仕草は、子犬が母犬の乳を吸うような、見ようによっては可愛らしいものである。けれど、それがもたらす快感は暴力的といっていいほどで。

襲いくる快感から逃れようとソレイユが腰をゆすろうとも、がっちりと押さえつけられたままでは、彼の舌から逃れるどころか、自ら花芯をすりつけてねだる動きになるだけだ。

つまさきから甘い痺《しび》れが這《は》いあがってくる。その先にあるものを、ソレイユは知っていた。

快楽の果ての甘美な死。ぞくぞくと迫りくるその気配に、ぎゅっと身を強《こわ》ばらせれば、ルイスの愛撫《あいぶ》にいっそう熱がこもった。

「あ、ああ……やっ、も、っ、ぅう、～～っ」

ぶるりと身を震わせて、ソレイユは果てる。きゅっと閉じた目蓋《まぶた》の裏で白い光がはじけた。

全身を抜けていく絶頂の波に酔いしれていると、新たな快感がソレイユの中に潜《もぐ》りこんでくる。

「あっ、ゆび、だめぇ……！」

疼《うず》いてたまらなかった場所を長い指でかきまわされ、きゅふ、と情けない声がこぼれた。どぷりとあふれた蜜が尻へと伝う感触に、身体が震える。

「待って、ルイスさま、敷き布が……っ」

「ん、大丈夫だ。後で水差しの水でもこぼして換えてもらう。気に病《や》むなら、寝台ごと買いとればいい……安心して、好きなだけ漏らせ」

「っ、ばかっ」

何を漏らせというのか。頬を赤らめ、無駄に形のいい耳を引っぱってやると、ルイスは肩をゆらして笑いながら、かぷりと花芯にしゃぶりついた。

舌を使われ、ぐちりととろけた蜜口をかきまわされれば、ソレイユの頭の中もぐちゅぐちゅと乱されていく。

ソレイユは喉をそらし、声にならない声で喘《あえ》いだ。

媚薬のせいだろうか。奥が疼《うず》いてたまらない。潜《もぐ》りこんだ指になぞられ、満たされたのは一瞬。すぐに新たな疼《うず》きに襲われる。

もっと深く、めちゃくちゃにかきまわしてほしい。

がくがくと脚が震え、ねだるように腰がゆれる。

「っ、あ、あ――っ」

咥《くわ》えこんだ指を締めつけながら、ソレイユは達した。

ぱちり、ぱちりと小さな火花が身体中ではじけるような感覚に背すじが震える。

それでも、ルイスの指はとまらない。花芯を愛《め》で――嬲《なぶ》る舌も。

「っ、やっ、やっ、また、やぁっ」

ぐちゅぐちゅと音高くかきまわされ、ちゅ、と吸われて、ソレイユの目蓋《まぶた》の裏に火花が飛ぶ。

三度目の絶頂も、たやすく訪れた。

くっと奥歯を噛みしめて情けない声だけはこらえたが、電気刺激を与えられたようにソレイユの身体はビクビクと跳ねる。

「ぁ……っ、はぁ……ふ」

やがてちゅぽんと指が引きぬかれ、せわしなく上下する胸をなだめるようにルイスの手が触れた。

ほうと息をついたのもつかのま、シュミーズ越しでもわかるほど、ぽちりと浮きたった胸の先を長い指がかすめる。あぅ、とソレイユの唇から甘い呻《うめ》きがこぼれた。

どこもかしこも気持ちがいい。

けれど、まだ足りない。まだ満たされない。

今、ソレイユに足りないもの――欲しいものは、わかっていた。

潤《うる》む瞳をまたたいて、ソレイユはルイスの手に手を重ねる。骨ばった手の甲をなぞり、シャツの袖口から指をもぐらせて、そっと囁《ささや》く。

「……ルイス様も、脱いでください。あなたが、欲しい」

「……ああ、いくらでも。私は君の物だ」

煮とけた蜜のような甘い声が耳に届いて、ソレイユの脚の間で乱雑なストリップが始まった。

精緻《せいち》な刺繍《ししゅう》がほどこされたベストの金のボタンにルイスの指がかかり、ひきちぎるようにそれを外していく。シャツのボタンも同様で、彼は両方まとめて脱ぎすてて、邪魔だとばかりに寝台の外に蹴りおとした。

露《あら》わになった身体の意外なほどの逞《たくま》しさ、急《せ》いた様子が、ソレイユの胸をくすぐり、下腹部で渦《うず》まく熱をかきたてる。

早く、と言葉に出してねだる代わりに、ソレイユはそっと膝を閉じ、ルイスの脚をくすぐるようにすりつけた。

「――っ」

小さく彼が息をのみ、ぴたりと動きをとめる。

そして、次の瞬間、遊びに誘われた犬のように瞳を輝かせた。ベルトの金具を外して前をくつろげるなりソレイユの肩をつかんで、どさりと敷き布に押しつける。

「きゃっ」

驚きにひらいた唇を塞《ふさ》がれ、ちゅ、と軽く吸われ……

「私の天使は、誘い上手だな」

うっとりと囁《ささや》かれ、ソレイユは頬を赤らめた。もじもじと視線をそらしているうちに、するりとまくりあげられたシュミーズが頭上を抜けていく。

ぱさりと布が落ちる音。ほう、と感嘆がソレイユの耳をくすぐる。

「……美しいな。まるで花の妖精か、穢《けが》れを知らない天使のようだ」

囁《ささや》く声にソレイユは目を伏せ、ささやかな胸をそっと両手で隠す。

「……褒《ほ》めすぎですわ」

それを言うならばルイスのほうこそ、美しい。鍛《きた》えられたしなやかな肉体は金色の猟犬のようだ。

だが、顔がいい。

「事実を述べたまでだよ、ソレイユ。本当に美しい。できれば、細密肖像画《ミニアチュール》にして持ちあるきたいくらいだ」

「っ、冗談はおやめになって……！」

「ふふ、本気だよ……でも、君が嫌なら諦めよう」

残念そうに溜め息をつくと、ルイスは火照《ほて》るソレイユの頬に口付けた。

「……ずっとながめていたいところだが、まずは、君のおねだりに応えなくてはな」

好物を前に舌なめずりする犬のように爛々《らんらん》と瞳を輝かせた彼が、ソレイユの膝裏をすくい、持ちあげ、ゆっくりとのしかかってくる。

「……あ、ぁ」

逞《たくま》しいその身体に押され、じわじわと白い脚がひらいて、とろりと蜜を吐きだす場所が口をあけた。

ルイスの手が両の膝から離れても、彼の身体に阻《はば》まれ、脚を閉じることはできそうにもない。

ソレイユは目を閉じ、息をひそめて、そのときを待つ。やがて、ぬちゅりとなすりつけられたものの熱さに身じろいだ。

薄目をひらいて見えたルイスの雄は相変わらずの大きさで、張りだした笠も、びきびきと浮いた血の管も、グロテスクな茸《きのこ》のようで美しいとはとても言えない。

けれど――今のソレイユは知っている。それが、与えてくれる悦《よろこ》びの甘美さを。

初めてのときは、ほとんど入れただけでおわった。けれど、それでさえ、あれほどの変化をもたらしたのだ。

じくじくと疼《うず》く蜜源をあの切先でかきむしられたら、どれほど気持ちがいいだろうか。

――知りたい。

こくり、とソレイユが喉を鳴らしたのをどう思ったのか、ルイスの唇が弧を描く。

「ソレイユ、見たければ、好きなだけ見ていいんだぞ。これはもう、君だけの物だから」

「っ、結構、ですわ」

ふいと顔はそっぽを向いたものの、ちらりと視線が向いてしまう。

ルイスは笑みを深めて、そそりたつものをソレイユから見やすいように握りなおすと、まるい雫《しずく》を浮かべた切先を引きさげ、濡れた花弁に押しあてた。

そうして、張りだした笠の性能を知らしめるかのように、潤《うる》んだ割れ目に沿って、ゆるりゆるりとすりつける。

ぐちゅぐちゅと重たげな水音が鳴り、じんわりとした甘い痺《しび》れがソレイユの喉を震わせた。

ずり、と上にすべって笠が花芯をはじくたびに、思わず腰がゆれる。

「〜〜っ、ルイス、さまっ」

もういい。早く欲しい。言葉には出せず、ソレイユはルイスの脚に脚を絡めてねだる。

「っ、はは、本当に……私の天使は、ねだるのが上手《うま》い」

かすれた声で呟《つぶや》くと、ルイスはソレイユに覆《おお》いかぶさった。

「……んっ、ぅ……ぁあ、っ、うぅ……んっ」

ぷちゅりとあてがわれ、押しつけられた肉の熱さ、硬さ、ゆっくりと埋めこまれ、押しひろげられていく感覚が異様なほど鮮明に感じられて、こみあげる喘《あえ》ぎをソレイユは必死に噛みころす。

ぐちりと奥へ突きあたり、響く快感に身を震わせると、ルイスが小さく息をついた。

「……ソレイユ、痛みはないか」

かけらもない。気持ちいいだけ。だから、早く動いて——などと口に出せるはずもなく、ソレイユは「いえ、大丈夫です」と微笑《ほほえ》んだ。

「そうか」と頷《うなず》き、ルイスが腰を引く。様子をうかがうように、ゆっくりゆっくりと。

「……っ、……ぁ、ふ」

ソレイユはもどかしさに瞳を潤《うる》ませた。それでも、ねだることはしない。

焦《じ》らしているわけではないのが、ルイスのまなざしから見てとれる。煮えたぎるような熱をたたえながらも、少しの痛みも与えたくないと気遣う色が滲《にじ》んでいた。

――あ、だめ、抜けちゃう……

自分を満たしていたものが失われようとしている。本能がそれを阻《はば》むように、きゅうう、と締めつけた。

「っ、……ふ」

ルイスが小さく息をのみ、グッと奥歯を噛みしめる。それから、気を静めるように深々と息をつくと、ゆっくりと腰を押しだした。

ふくれあがった切先が隘路《あいろ》をかきわけ、生後間もない子犬のようにノロノロと這《は》いすすむ。

一方、飢えた柔肉はひくひくとうごめき、しゃぶるように絡みつく。みっちりと締めつけているせいで、彼の形も、どこまで入っているのかも、まざまざと感じとれる。

そしてずちゅりと突きあたった。子犬が頭をすりつけるように最奥をゆらされて、じんわりと胎《はら》に響く快感に、ソレイユの肌が粟立《あわだ》つ。

ぶるりと身を震わせたのを、どう思ったのか、ルイスがピタリと動きをとめた。

ぽたりと落ちてきた汗。その熱さにソレイユは目を細める。

眉を寄せ、苦しげに目を細めるルイスの顔は、こんなときでも美しい。きっと、激しく腰を打ちつけてしまいたいのを我慢しているのだろう。

労《いたわ》られるのが嬉しい反面、もどかしくてたまらない。

「……大丈夫、ですわ」

ソレイユは手を伸ばし、ルイスの首に腕を回して引きよせる。近付く唇が重なって、離れて。それから碧玉《へきぎょく》の瞳をのぞきこみ、囁《ささや》いた。

「お好きに、動いてください」

いつかと同じ言葉を。そうして、つけ足す。

「お願い、満たして……苦しいの」

精一杯の誘い文句は、ルイスの遠慮を剥《は》ぎとるのに充分だった。

「ソレイユ……！」

息が詰《つ》まるほど強くかきいだかれたと思うと、唇を塞《ふさ》がれ、次の瞬間、強く突きあげられる。背骨に響く衝撃に、ソレイユは、くぐもった悲鳴を上げた。

次いで大きく引きぬかれたと思うと、ぐちゅんと突きさされ、つまさきが跳ねる。

「っ、ふ、～～っ、あ、ふぁ、あ――ッ」

一打ちごとに、胎《はら》から背骨を伝って脳へと快感がはじけた。ソレイユは背をそらし、ビクビクと身悶《みもだ》える。

息が苦しくてしかたがない。なのに、大きな手のひらに包みこむように頰を押さえられて、口付けから逃げられない。喘《あえ》ぎに震える舌を吸われ、なぞられて、すぎた快感に、新緑の瞳からポロポロと涙があふれた。

「っ、ソレイユ、辛《つら》いか？　一度、とめたほうがいいか？」

やさしく目元を拭《ぬぐ》われ、ソレイユは首を横に振る。

「……そうか、よかった」

そんな嬉し気な声が響いて、再び唇を塞《ふさ》がれた。

くちゅくちゅと絡む舌。乱れた二つの息づかい、粘ついた水音と肌を打ちつけあう音が、きしむ寝台に響く。

重なる身体の間、閉じこめられた空気が蒸され、二人の肌を濡らす。

やがて、ふくれにふくれた快感が、爆《は》ぜる。

ソレイユは喉をそらして、甘鳴と共に果てた。

跳ねる身体をルイスの腕が押さえつけ、律動が激しさを増す。絡みつく柔肉を振りきるように、あふれる蜜をかきだすように。

「～～っ、ルイスさまっ、も、あ、ああっ、やっ、だめぇっ」

叩《たた》きこまれる快感を受けとめきれず、ソレイユは彼の腕に爪を立てて首を振る。ほつれかけていた結《ゆ》い髪がほどけ、艶《つや》やかなマリーゴールド色の巻き毛が敷き布に散らばった。

「だめ、だめなの、いまは、だめぇ……！」

もう動かないで——と、きゅううと締めつけたが、咥《くわ》えこんだものの存在感がさらに鮮明になっただけだ。

「っ、ソレイユ。もう少しだからっ、頼む、つきあってくれ……っ」

汗ばむ声でねだられれば、もう嫌だとは言えない。

「……はい」

ふるりと身を震わせ、目をつむり、ソレイユは襲いくる快感に身をゆだねた。目蓋《まぶた》の裏で何度も白い光がはじけて、下腹部がドロドロにとろけたように痺《しび》れていく。

喘《あえ》ぎ声がとまらない唇から、とろとろと唾液がこぼれて、ルイスの舌に舐《な》めとられた。

何度目かの絶頂の後、ごちゅん、と奥を突かれて、ぷしゃり、と何かが脚の間から噴きだす。

恥ずかしくてたまらないが、今さらだ。次から次へとあふれる蜜で、ルイスのものもソレイユの脚の間もドロドロになっている。

なくなる。

――まだ、二度目なのに。

たったの二度の交わりで、ここまで肌が馴染《なじ》んでしまうなんて。

ふっと浮かんだ恐れまじりの感慨も、すぐさま快感に塗りつぶされて、何も考えられなくなる。

やがて、ソレイユの痙攣《けいれん》がとまらなくなったころ、ルイスが息を詰《つ》め、ふるりと身を震わせた。大きく腰を引き、胎《はら》を押しつぶすように突きいれ、果てる。

「〜〜〜っ」

ひときわ深い高みに飛ばされて――ソレイユは声にならない声を張りあげ、気づけば、ルイスの背に爪を立てていた。

ふ、とルイスが息をのみ、碧玉《へきぎょく》の瞳が痛みに歪《ゆが》んで、次の瞬間、歓《よろこ》びにゆるむ。

「ソレイユ、愛しているよ……」

とろりと甘く囁《ささや》いて、彼はなだめるように、抑えこむように、ソレイユを抱きしめる。

「……私も」

とくりとくりと注ぎこまれる想いの熱さを感じながら、はふ、と大きく息をつき、ソレイユはそっと囁《ささや》きをかえす。

「心から、あなたを愛しています」

五ケ月前、国王の執務室で彼に告げたのと同じようで、違う言葉を。

やさしく微笑《ほほえ》み、ルイスの首に腕を回して抱きしめて。

次の瞬間、身の内深くにおさめた彼の雄が、むくりと首をもたげる気配に、ソレイユは、怖れと期待が入りまじった小さな悲鳴を上げたのだった。


甘く淫《みだ》らな夜が明けて、父が駆けつけてきたとき、ソレイユはルイスと寝台の上にいた。

ソレイユが対応できればよかったのだが、諸々の疲れがたたって部屋の扉を叩《たた》く物音にも気づかず、ぐっすりと眠っていた。

素肌にガウンを羽織《はお》っただけの格好で、半ば寝ぼけながら扉をあけたルイスが「おや……叔父上、おはようございます」とのんびりと笑いかけた次の瞬間。

「何がっ、何がおはようだ……おまえたち……他所の屋敷で……っ、のんきに……わたしが、どれほど心配したと……！」

安堵《あんど》のあまり気が動転したのか、ぶるぶると身を震わせた父がルイスにつかみかかる。

「ええっ、ですが——あ、昨夜は、きちんと寝台の上でしましたよ！」

寝ぼけたルイスが言いかえして「そのようなことは聞いておらんわ！」と激高した父が、拳《こぶし》を振りあげた——らしい。

「もう、あの人ったら、泣きながら殴ろうとなさるのだもの……とめるのが大変だったのよ」と目覚めてすぐに、父につきそってきた母からそう聞かされたソレイユは、恥ずかしいやら申しわけないやらで、一人、頬を赤らめたのだった。

＊　＊　＊

それからしばらくして、スフェール家の書斎にルイスと共に呼ばれたソレイユは、父から「マルクが流罪《るざい》となった」と告げられた。

マルクの助命を熱心に願ったのは、保身に走るガゾン家ではなく、皮肉にも、彼が嫌悪した救護院の患者たちだ。

救われた者たちの懇願を父も無下にはできず、ソレイユとルイスが了承し、王の許しも下りたため、斬首から流罪《るざい》へと減刑されることになった。

マルクの犯した罪の重さを思えば、寛大な処置だ。

彼は救護院に勤めてほどなくして、治療で用いる麻酔薬などの横流しを始めていた。

勿論《もちろん》、まっとうな商人が相手ではない。その伝手《つて》を通じて、ソレイユに盛った麻薬まがいの媚薬を手に入れたのだという。

「……薬品の数が帳簿と合わないと報告を受けて、調査をしようかと思っていたところだった……まさか、マルクだったとは」

不正が明るみに出そうになったマルクは焦ったのか、あるいは自棄《やけ》を起こしたのか。あのような行動に走ったのだ。

父はマルクの性根を見抜けなかった自分の不甲斐《ふがい》なさをソレイユに詫《わ》び、ルイスへの感謝を口にした。

それから、「流刑先には医師がいない、きっと彼は必要とされるだろう」と悔し気に呟《つぶや》いていた。

娘を傷つけた恩知らずと罵《ののし》るのは簡単だ。だが、父は何年もの間、マルクが必死で医者になるための努力をする姿を見てきたのだ。簡単には割りきれないものがあるのだろう。

うなだれる父を残し、書斎を後にして、しばらく廊下を進んだところでルイスが立ちどまる。

「……真面目な奴ほど、堕《お》ちるときは早いものだな」

何年も努力を重ねてきても、心が折れれば、たやすく人は堕《お》ちてしまう。

「……そうかもしれませんわね」

ぽつりと返したソレイユの肩をそっと引きよせて、彼は囁《ささや》いた。

「……大丈夫だ。ソレイユ。私は怠惰《たいだ》な屑《くず》だから。これ以上は堕《お》ちようがない」

もっとましな慰《なぐさ》めの言葉があるだろうに。

「もう、ルイス様ったら……！」

ぱしりとルイスの脇腹を叩《たた》いて、ふふ、と笑うと、そっとソレイユは目元を拭《ぬぐ》った。

エピローグ　この顔でも、いい。

ガゾン家の一件以来、父のルイスへの態度は、だいぶやわらかくなった。

ソレイユのベールとプリムヴェールのドレスが仕上がり、二人で試しにまとってはしゃいでいるところへやってきて「兄上にも話したが、おまえたちの婚礼も肖像画に残そう。二組、花婿《はなむこ》の姿もな」と口にするほどに。

何もかもが順調で、ソレイユは幸せだった。

初恋が叶い、身も心も結ばれて、そうして二人は、いつまでも幸せに暮らしていく。

まるで、おとぎ話の王子様とお姫様のように――そう、思っていた。

けれど、現実は甘くない。

婚礼を二十日の後に控えた、ある秋の日。

サンルームでルイスを待つソレイユのもとに、城から知らせが届いた。

王城の回廊でプリムヴェールが襲われ、その場に居合わせたルイスが彼女を庇《かば》ったと。

そして、その際に、怪我《けが》をした。彼が怪我《けが》を負ったのは、右腕と――顔だと。

「ごめんなさい！　お姉様、ごめんなさい！　私のせいで！　ごめんなさい！」

「……落ちつきなさい、プリムヴェール。あなたのせいではないわ。アンリ様、ルイス様は、お部屋にいらっしゃるのですね？」

「ああ。ジョセフの治療が終わって、休んでいる。すまない……私のせいだ！　私がそばにいれば、こんなことには……！」

「いいのです。アンリ様のせいでもありませんから。では、プリムヴェールをお願いいたします」

「ああ、……本当に、すまない」

「ごめんなさい、お姉様……！」

アンリに肩を抱かれながら泣きじゃくるプリムヴェールをなだめて、ソレイユは部屋を出ると、まずは犯人の顔を確かめることにした。

犯人は宮廷で働く侍女の一人だという。

男爵家の三女らしいが、名前を聞いても、顔が浮かばない。

尋問を受ける彼女の姿を鏡の裏からのぞきみたところで、ようやく顔と名前が結びつき、ソレイユの脳裏に五年前のある光景がよみがえった。

――確か庭園で……アンリ様が……

顔立ちこそ地味だが豊満な肉体を持つ彼女は、身分の高い貴族の子息から様々な嫌がらせを受けていたらしく、その日も庭園で絡まれていた。虫がついているなどと言いながら胸を揉《も》まれていた彼女を、その場を通りかかったアンリが助けたのだ。

「今後、同じような光景を見かけたら指を折る」と告げられた男たちは、蜘蛛《くも》の子を散らすように逃げていった。後に残った彼女に慰《なぐさ》めの言葉をかけ、アンリは立ちさる。

制止の声をかけそこね、出番をなくしたソレイユは、立ち木の陰からその光景を見ていた。

見てはいたが、今の今まで忘れていた。

――だって、アンリ様は、いつも誰かを救っていらっしゃったもの。

戦場で、宮廷で。アンリが身体か心かを助けた女の数は、ルイスが抱いた女の数よりも多いだろう。助けた男の数も同じだ。

アンリは貴賤を問わず、誰であろうと傷つけられている者がいれば助けようとする人間だから。

実際、アンリは彼女を助けたことを覚えていなかった。

助けられた侍女からすれば唯一の相手でも、助けたアンリからすれば守るべき民の一人でしかない。

――滑稽《こっけい》な悲劇ね。

かつてルイスに群がった女たちのように大胆な行動を起こせる女であれば、アンリの記憶に残り、ソレイユたちの耳にも入って警戒の対象になっただろう。

けれど、虐《しいた》げられて生きてきた彼女はマルクと同じように、たぎる感情を胸に秘めて熟成させるタイプだったようだ。

――本当に……大人しい人間ほど、思いつめたときが怖い。

彼女はただひたすら城でアンリの姿を遠目にながめ、ほんのときたま挨拶《あいさつ》程度の言葉を交わすごとに想いを募《つの》らせていったらしい。

そうして、そのうち、アンリの縁談が一向にまとまらないという噂《うわさ》を耳にして「それほど相手がいないのならば自分が」と夢を見るようになったのだという。

男爵家の三女と第二王子。

身分違いの恋も、想像の中ならば成就《じょうじゅ》する。

けれど、プリムヴェールの登場で、彼女の夢想は踏みにじられた。

「ルイス様が王位継承権を失って王妃の座を惜しんだ公爵家が、妹をぜひにと無理を言ったに違いありません。あのルイス様を選ぶような女性の妹ですもの、きっと、まともな女性ではないわ。今まではアンリ様に嫌われるのが怖くて何の行動も起こせなかった……けれど私は、アンリ様を救いたかったのです……」

暗いまなざしで語る侍女の言葉を最後まで聞いていられず、ソレイユはルイスの部屋に向かった。

――私たちのせいだわ。

密かにアンリの縁談を阻《はば》んできたことが、このような結果をもたらすとは。

――もっと、きちんとアンリ様の言葉を聞いておくのだった。

嫌がらせなどされていないかと案じてくれたときにもっと身を入れて聞いておけば、ソレイユは彼女を思いだしたかもしれない。

もっと気を入れて、アンリの周りの女のことを探《さぐ》らせておけば――

――いえ、胸に秘めた恋情までは探《さぐ》れなかったでしょうね。

恋を夢みて、夢破れ、道を踏み外した女の嫉妬《しっと》に燃える心は、炎となってプリムヴェールに襲いかかった。

事件が起こったのは、二時間ほど前。

アンリが訓練場にいると聞いたプリムヴェールは、彼のもとに向かっていた。

幼いころから歩きなれた王城は自分の屋敷も同然で、何の警戒もしていなかったという。

そして、アンリとの鍛練《たんれん》のため訓練場に向かっていたルイスがプリムヴェールを見つけ、声をかけようとして、彼女の背後から近付く侍女に気がついた。

真昼のさなか、煌々《こうこう》と炎がゆれる手燭《てしょく》を捧《ささ》げもつ奇妙な女に。

侍女が振りむき、ルイスを認めて駆けだす。すぐさまルイスも駆けだし、追いついて侍女とプリムヴェールの間に割ってはいり――燃える手燭《てしょく》をその身に受けた。

それが、事《こと》の顚末《てんまつ》だ。

――どうしよう……

ソレイユは、ルイスの顔を見るのが怖かった。

――きっと、ばちが当たったのだわ。顔さえよければそれでいいだなんて、ずっとルイス様を軽んじていたくせに……今さら、心までよくなってほしいだなんて、欲を出したから……

神様はルイスの顔を奪ってしまったのだろう――とソレイユは嘆《なげ》く。

どくどくと鼓動がうるさい。

笑えるだろうか。愛せるだろうか。

あの美貌を失ってしまったルイスを。

ぐるぐると考えながら足を動かすうちに、ルイスの部屋の前に着いてしまう。

――ノックをして、声をかけて……そして……それで、どうするの？　もしも、顔を見たとたん、今までの熱情が冷めてしまったら……私は……どうすればいいの？　愛しているふりを、この先ずっと続けていくの？　できるの？

たっぷり百数えるほどの時間ためらって、ようやく、ソレイユは扉の左右に立つ衛兵から向けられる痛まし気な視線に気がついた。

いつまでも立ちどまっているわけにはいかない。覚悟を決めて、扉を叩《たた》き、声をかけ、ひらく。

「……ルイス様」

呼びかけ、首をめぐらせて、安楽椅子《いす》に腰を下ろす彼を見つける。

肘掛けに腕を置き、深く俯《うつむ》いたルイスの顔は、こぼれた白金の髪に遮《さえぎ》られて見えない。傍《かたわ》らのテーブルに投げられた上着の腕は、一目でわかるほどに焼《や》け焦《こ》げていた。

こくり、とソレイユは息をのみ、震えそうになる足に力をこめて、ゆっくりと彼に近付く。目の前に立って、もう一度、息を吸いこみ、声をかけた。

「ルイス様」

「……ソレイユ？」

どうやら眠っていたようだ。ゆるゆると彼が顔を上げ、見えたのは右半分を白い包帯で覆《おお》われた痛々しい姿。

「……ああ、来てくれたのか」

「……目は？」

ぽつりとソレイユは尋ねる。

「え？」

「右目は、無事なのですか？」

「あ、ああ。目は大丈夫だ。火傷《やけど》したのは目蓋《まぶた》だよ。軟膏《なんこう》を貼られたんだが、どうにもむず痒《がゆ》くてな」

顔をしかめて、包帯の上からルイスが右目のあたりに触れた。

「気になってさわっていたらジョセフの奴、『治りが遅くなるので、おやめください』とか何とか言って……こんなに大げさに巻かれてしまったんだ」

「そう、ですか……」

ソレイユの手が包帯に伸びる。ルイスは一瞬戸惑《とまど》い、けれどすぐに望みを察したように、自らほどきはじめた。

しゅるりと包帯がほどけてあらわれたルイスの顔には、ところどころに白いリント布が貼られている。閉ざされた右の目蓋《まぶた》の上に小さく一枚、頬から首すじにかけては大きく一枚。

ソレイユが願うまでもなく、ルイスの指が頬の布にかかり、それをぺりぺりと剥《は》がす。

「ああ、ベタベタする……っ」

肌に残った白い軟膏《なんこう》を拭《ぬぐ》い、痛んだのか、彼は少しばかり顔をしかめる。

「ほら、大したことないだろう？」

そう言って微笑《ほほえ》んだルイスの頬から耳、首すじにかけて、猫に引っかかれたような赤茶けた火傷《やけど》の痕《あと》が見えた。

次いで目蓋《まぶた》の布が剥《は》がされ、閉ざされていた目がうっすらとひらく。澄んだ青空の色がソレイユを捕らえた。

息さえ忘れて、ソレイユはルイスの顔を見つめる。

ジッと。ジィッと。穴があくほど、食いいるように。

「……ソレイユ？」

注がれる視線の異様さに、ルイスの顔に戸惑《とまど》いが広がった。

「どうしたんだ？」

その問いに答えず、ソレイユは震える指でそっとルイスの右頬に触れ、目蓋《まぶた》をなぞり、再びそっと手を引いて……

「ご無事で、よろしゅうございました」

ぽつりと呟《つぶや》き、膝から崩れおちた。

「ソレイユ⁉」

がたん、と椅子《いす》を鳴らしてルイスが立ちあがる。

けれど、ソレイユは顔を上げることができなかった。

またたくまに視界が滲《にじ》み、ふくれあがった雫《しずく》があふれ、雨のように頬を伝う。

「よか、った……ほんとうに、……っ」

「……ソレイユ」

ぼろぼろと泣きくずれるソレイユの前にルイスが膝をつき、そっと肩を抱きよせた。

「泣かないでくれ。私は大丈夫だから」

「ルイスさま……っ」

きつく抱きしめられながら、ソレイユは同じ言葉を繰りかえす。

よかった。

本当に、よかった。

——まだ、好きなままだわ。

傷ついた彼の顔を目にしても、ソレイユの想いがゆらぐことはなかった。

やがて泣きつくしたソレイユは、ルイスの包帯を巻きなおした。それから膝に座らせようとするルイスをいなし、彼の手を引き長椅子《ながいす》に移る。

「……それにしても、なぜ、あのような危ないことをなさったのですか？」

いつものように寝ころぶルイスの頭を膝に乗せ、ソレイユは彼を責めた。

わざわざプリムヴェールと侍女の間に割りこまずとも、侍女の手をつかむか手燭《てしょく》を叩《たた》きおとすだけでよかったはずだ。

そうすれば、ルイスが火傷《やけど》を負うことはなかったのに。

想像よりも軽傷だったが、それでも、惜しいことは惜しい。

「……しかたがないだろう。身体が勝手に動いたんだ。……私が追いついたときにもう、あの女は手燭《てしょく》を振りあげていた。ああしなければ、プリムヴェールが頭から油をかぶっていたはずだ」

背の高いルイスだから、飛びちった油の大部分が上着の腕に吸いこまれ、顔に軽い火傷《やけど》を負うだけで済んだ。

プリムヴェールであれば、頭から火だるまになっていたかもしれない。

今さらながらにゾッとして、ソレイユは身を震わせた。

「……本当に、大事がなくてよかったです」

「ああ。プリムヴェールは君の大切な妹だからな」

「あなたのことですわ」

「そうか。ありがとう」

「……こちらこそ。妹を助けてくださって、ありがとうございます」

「うん。褒《ほ》めて、撫《な》でてくれ」

「はい。ルイス様は勇敢な方ですね」

ふふ、と笑ってソレイユが彼の髪を撫《な》でると、うむ、と満足そうな声が返ってくる。

そっと見下ろしたルイスの横顔は、白い包帯に半ば覆《おお》われていても美しい線を保ったままだ。

――これくらいなら、まあ、いいわ。

ソレイユは心の中で頷《うなず》いた。ルイスの顔の中で、もっとも愛していたのは瞳だ。それが無事だったのだから許容範囲といえるだろう。

――むしろ、顔半分が美しいだけあって、これはこれで、かつて栄華を誇った廃墟めいた趣《おもむき》というのか……いわば退廃美と呼べるかもしれないわね。

そのような新解釈すら浮かんでくる。

――どうしてかしら。

答えは単純明快。ソレイユは、ルイスを、いつの間にか本当に愛していたのだ。

ゆらぐことないほど、深く、心から。

――皮肉なものね。

彼の心が変わったから、ソレイユは彼を愛した。

かつてのルイスのままならば、ソレイユは迷わず彼を捨てていたに違いない。

そして、かつてのルイスのままならば、自分以外の誰かのために身を投げだすことなどしなかったはずだ。

彼の心が変わったから、ルイスはプリムヴェールを庇《かば》い、その美貌を損ねてしまった。

人生は、ままならない。

「……ソレイユ、愛しているよ」

少しだけ眠たそうな声に、ソレイユは頬をゆるめる。

――これはこれで、まあ……悪くないわね。

そこそこ中身がよく、瑕疵《かし》はあれど極上の顔を持つ、誰よりも愛しい夫。悪くはない。

傷が気になるのならば、彼の左側に立つようにすればいいのだ。

――この顔でも、いい。
今のルイスならば、愛していける。
――後で、プリムヴェールに教えてあげないと。
ソレイユの愛の消失を恐れている妹に。
今でも大丈夫、ルイス様を愛している――と。
どうやら、私、真実の愛にたどりついてしまったみたい。そう自慢をしてやろう。
「ええ。私も、愛しております」
心からの言葉を返して、ソレイユは包帯に覆《おお》われたルイスの頬をやさしく撫《な》でた。

番外編

だって、欲しいものしか欲しくない。

自室の扉をあけて、入り、後ろ手に閉じた瞬間、ふとアンリは思った。

——本当に、これでいいのだろうか。

それはここ七日間、何十、何百回と浮かんだ疑問。

一歩二歩と絨毯《じゅうたん》を踏みしめながら、足取りは鈍く、重くなっていく。

白い毛皮で縁取《ふちど》られた黒いマントの裾《すそ》がゆらりゆらりとなびいて、やがてすとんと垂れさがる。

部屋の奥、深紅《しんく》のカーテンの閉じた寝台を見やり、そっとアンリは目を伏せた。

「……アンリ様」

ためらいに足をとめた彼を細く透《す》きとおる声が招く。

「どうぞいらして」

「……ああ、今行く」

迷いを振りはらうように顔を上げると、アンリは寝台に歩みよった。寝台の内と外を隔《へだ》てる深い深い紅《あか》のベルベットに手をかける。

そっとひらいて、のぞきこむと、するりと伸ばされた白い指がアンリのマントを捕らえた。

「お帰りなさいませ。アンリ様のお帰りを、私、とってもいい子でお待ちしておりましたわ」

ふふ、と笑う声の可憐《かれん》さ、くい、と引きよせる力の儚《はかな》いほどの弱さがアンリの胸を締めつける。

「……プリムヴェール、すまない。退屈だっただろう」

昨日は少し騒がしかったが、今日は違う。

こんなところで、たった一人で。

愛しい愛しい人。

誰よりも大切に、幸せにしたいと思った人。

――それなのに、私は何をしているのだろう。

自身の不甲斐《ふがい》なさにアンリは唇を噛みしめる。

「……いいえ、まったく。好きに起きて好きに寝て、本を読んだり、また寝たり。ふふ、実に気ままに過ごしておりましたわ」

ほら、今日はこの本を読みましたの——そう言ってくるりと向きを変え、プリムヴェールは敷き布の上に置かれた可愛らしい白うさぎが描かれた表紙の本に手を伸ばす。

かがんだ彼女の足元、めくれた絹の寝衣。

そこからあらわれた細い細い足首で、しゃらりと金の枷《かせ》がきらめき、寝台の支柱につながる鎖が冷たい音を立てた。

＊　＊　＊

「認めないとは、どういうことですか」

八日前——プリムヴェールが侍女に襲われ、ルイスが火傷《やけど》を負った日の夜半。自邸にアンリを呼びつけたスフェール公爵がアンリに告げた。

式は延期だ。結婚は認めないと。

「そのままの意味だ。今のままでは、おまえにプリムヴェールはやれん」

「叔父上！」

「この屋敷にいれば、私が守ってやれる。この屋敷にいる者は皆、アンリ、おまえよりも私や娘たちを大切に思っている。宮廷と違ってな」

「……それは」

「いつ何時、誰に狙われるかわからぬ場所に可愛い娘をやれるか！　たとえ、娘に恨まれることになったとしてもな！」

声を張りあげた後、公爵は小さく咳《せき》をする。

元々身体が頑健《がんけん》でない彼に、いらぬ気苦労をかけていることを心苦しく思いながらも、アンリは素直に退《ひ》くことはできなかった。

「……どうすれば認めていただけますか」

「二度とあのようなことが起きぬよう手を打て。私を安心させてみろ。そうでなければ許さん。どうしても予定通りに結婚したいというのならば、結婚後もプリムヴェールはここに住まわせる。おまえは城に住み、ここに通え」

公爵の提案にアンリは戸惑《とまど》う。

「ですが、王太子妃が生家にとどまったままの通い婚など前例がありませんし、外聞が――」

「外聞と愛しい娘の安全ならば、私は娘を選ぶ。おまえは違うのか？　外聞のために妻を危険にさらすのか？」

「……いえ」

「いつまたあの侍女のように暴走する者が出るかもしれない、災厄の芽がどこにあるかわからない状態で、よくもまあ、予定通りプリムヴェールを娶《めと》りたいなどと軽々しく言えたものだな。まるでリスのようじゃないか。方々に木の実を埋めて、埋めたことすら忘れ、気がつけば芽が出ている。兄は卵を産まぬ能天気な雄鶏《おんどり》、おまえはリスだ！　このリスめ！　森へ帰ってドングリでもカリカリしていろ！　おまえのようなマヌケなリスに娘はやらん！」

「……お父様、言っていることが滅茶苦茶ですわ」

扉の向こうからかけられた声に、公爵はビクリとたじろぎ、胸を押さえて振りかえった。

「……ソレイユか？」

「はい。入ってもよろしいですか」

「あ、ああ、かまわん」

しゅっと上着の襟《えり》を正して、公爵は背を伸ばす。

がちゃりとひらいた向こうには、ソレイユとルイスが立っていた。

白い包帯を巻いたルイスの姿を認めたとたん、公爵の眉間《みけん》に深い深い皺《しわ》が寄る。

先の夜会事件とプリムヴェールを身を挺《てい》して庇《かば》ったことで、ルイスに対する公爵の評価は、だいぶ上がってはいるが、好感度のほうはそうもいかない。せいぜい地中から外へ出たばかりの新芽のころという程度で、良好とは言えないままだった。

「……ルイス、ソレイユを送り届けてくれたのだな。礼を言う。だが、外出などして大丈夫なのか」

ねぎらう言葉にも複雑な感情が滲《にじ》んでいる。

「はは、大丈夫ですよ、叔父上。門から門へ馬車で移動するだけで、大して歩くわけでもありませんから」

「そうか」

「……ところで、そこのリスを引きとっても？」

「ん？　……ああ、かまわん。伝えるべきことは伝えたからな」

「それはそれは。……アンリ、行くぞ。夜更けまでおしゃべりにつきあわせるのは叔父上のお身体に障《さわ》る。叔父上は近ごろ気苦労が絶えないせいで眠りが浅く、体調がすぐれないそうだ」

「おまえたちのせいでな」

「……行くぞ、アンリ」

「……はい。では、叔父上、失礼します」

深々と頭を下げ、アンリは公爵の部屋を後にした。彼に出された課題をどうするべきか、ぐるぐると頭を悩ませながら。

「――そんなの簡単だ。孕《はら》ませろ」

アンリから相談を受けたルイスは、こともなげに答えた。

彼の隣に立つソレイユが天井をあおぎ、溜め息をつく。

「……ルイス様、少しは言葉をお選びになって」

「何が悪い？　プリムヴェールが世継ぎを身ごもれば万事解決だろうが。アンリ、おまえの寵愛《ちょうあい》も、あの子の価値も、きっぱりはっきり証明できる。おまえを愛する者たちも、彼女がおまえの子の母親になれば、そう簡単に害そうとはしなくなるさ」

「ですが、それでは根本的な解決にはなりません」

災厄の芽は残ったままだ。

「では、どうする？　一人ずつ説得するか？　それとも追放？　おまえが助けてきたすべての者を？　無理だろう？　どこの誰を助けたか覚えてもいないだろうに。現に、おまえはあの侍女を、いつどこで助けたか覚えていたか？　目についた者を一人も見捨てず助けてきただけで、そいつらに特別な思い入れがあったわけじゃない。だから、覚えていないんだろう？　それで、どうやって災厄の芽を根絶するんだ？」

「それは……」

ルイスの問いにアンリが唇を噛みしめると、「……私も、ルイス様に賛成です」と、ひそやかなソレイユの声が響いた。

「ソレイユ、君まで何を言うんだ！」

「あの子がアンリ様に相応《ふさわ》しくないと思う者に認めさせるには、アンリ様の子をなすのが一番の近道です。女は子をなして、ようやくまっとうな妻として認められるのですから……」

そっと目を伏せたソレイユに、アンリは彼女の母を思いうかべる。

貧しい伯爵家から公爵家へと嫁《とつ》いだソレイユたちの母は、最初の子《ソレイユ》を授かるまで五年かかった。その間、心ない言葉を投げつける者も少なくなかったはずだ。

アンリの視線に気がついたのか、ソレイユは顔を上げ、ゆったりと微笑《ほほえ》む。

「……父は母を庇《かば》ってくれました。『私の身体が弱いから子をなす行為が満足にできないのだ。彼女は何も悪くない』と、自分の名誉を傷つけてまで……ですが、その手はアンリ様には使えないでしょう？」

からかうような視線に、アンリは目をそらす。

「……だが……」

「ごちゃごちゃうるさい奴だな。プリムヴェールだって、わかっているだろうに。世継ぎを産まない限り王太子妃として認められないことくらい。さっさとおまえの部屋にさらっていって子種を注ぎ孕《はら》ませろ。そうすれば、うるさい奴らも黙るさ」

「兄上！」

「アンリ様。ルイス様の物言いの品のなさを咎《とが》めている場合ではありませんわ。千の言葉よりも一つの愛の結晶のほうが、よほど説得力があることは確かです。……私があの子に伝えます。父は母に説得させます。ですからあなたは、あの子を城へ迎える御準備を。最低限の侍女と毒味役は当家から出します」

きっぱりと告げられ、アンリは心を決めるほかなかった。

「……わかった。父上には私が話そう。……反対はされるかもしれないが、理解はしていただけると思う」

「ええ、きっと。陛下は聡明な方ですもの。……どうか、あの子をよろしくお願いいたします」

「勿論《もちろん》だ。私の命に代えても守ろう」

「ええ。どうぞ、そう公言なさってください」

「え？」

「プリムヴェールと添いとげる。彼女が死んだら自分も死ぬと。口先だけでも、かまいませんから」

言葉とは裏腹に、ソレイユの瞳はアンリに覚悟を求めている。

プリムヴェールと同じ、鮮やかな新緑の瞳が。

「……ソレイユ、私はプリムヴェールと共に生き、死にたいと思っている。それが嘘偽《うそいつわ》りのない私の心だ」

まっすぐに見つめかえし、誓いを立てるようにアンリは応えた。

「……ありがとうございます、アンリ様」

「ソレイユ！　私も！　私もだ！　ソレイユと共に生き、共に死にたい！」

「ありがとうございます、ルイス様。口を閉じていただけますか？」

「長生きしような！　一緒に！」

「ええ、長生きしましょうね」

黙れとばかりに唇をつままれ、むぐぐ、と呻《うめ》くルイスに呆《あき》れながらも、アンリは少しだけ、自由な兄が羨《うらや》ましく思えた。

翌日の午後。出立の準備を整えたアンリは、馬車を背にしてスフェール公爵夫人と向きあっていた。

「……では、アンリ様。娘をよろしくお願いいたします」

優雅に腰を落とす公爵夫人に、アンリは返す言葉に迷う。

「……はい」

今からすることを思えば「お任せください」とも「ご安心を」とも言えず、ただ頷《うなず》くことしかできない。

「プリムヴェール」

「はぁい、お母様」

馬車を曳《ひ》く馬と戯《たわむ》れていたプリムヴェールが駆けてきて、公爵夫人の頬にキスをする。

「――では、お母様。お父様のこと、お任せいたします」

「ええ。気をつけて。立派に務めを果たしてらっしゃい」

「はい！」

元気よく答えると、彼女はアンリの傍《かたわ》らへ跳ねるように近付き寄りそった。

うふふ、と腕を絡ませるプリムヴェールの表情には、今後の生活への憂《うれ》いも恐れも見られない。

アンリの保護のもと、挙式までの日々を過ごすということになったのだが、実質的には監禁だ。子が宿るまで、自由のない籠《かご》の鳥として暮らすことになるというのに。

——本当に、これでいいのだろうか。

このような乱暴な方法ではなく、どれほど時間がかかっても、プリムヴェールが安心して嫁《とつ》げる環境を整えてやるべきではないか。

アンリの顔に浮かんだそんな迷いを見てとったのか、優雅に佇《たたず》んでいた公爵夫人が、こつり、と一歩踏みだした。

「……ああ、そうそう。忘れておりました。ジョルジュ、ポール」

「はい、奥様」

影のように控えていた執事と従僕が一歩前に出る。執事の手には一抱えの黒い箱。そして、従僕の手には、なぜか瀟洒《しょうしゃ》な椅子《いす》が一脚抱えられていた。

「——アンリ様に、お渡ししたいものがありますの」

「何でしょうか」

「プリムヴェールのために仕立てたものです。ジョルジュ、お渡しして」

「はい、奥様」

執事が静かにアンリの前へと進みでて、捧《ささ》げもつように革張りの箱を差しだす。

——プリムヴェールのために仕立てたもの？

ならば、なぜ本人に渡さないのだろう。

いぶかしみながらも素直に受けとり、蓋《ふた》をあけ——アンリは言葉を失った。

深紅《しんく》のベルベットの上で金色にきらめく、瀟洒《しょうしゃ》な細工がほどこされた円形の輪。

腕輪のように見えるが、輪と同じ輝きを放つ鎖が、ぐるりと巻かれて添えられている。

従僕の抱える椅子《いす》に目をやったアンリの頭に、嫌な想像がよぎった。

「……これ、は？」

どうか否定してくれと願いをこめて問いかけた彼に、公爵夫人は言葉ではなく微笑で応える。

すす、と距離を詰《つ》め、優雅な手付きでベルベットの上から金の輪を取りあげると、執事に目くばせをした。

「……おあずかりいたします」

「あ、ああ」

アンリの手から執事が箱を受けとり、ぱたり、と閉じる。しゃらり、と動いた鎖の音がアンリの耳に大きく響いた。

視線を箱から公爵夫人に戻し、アンリは彼女の言葉を待つ。

「……どうぞ、アンリ様。プリムヴェールに、あなたがつけてやってください」

「私が、プリムヴェールに？」

「ええ。この子の足に。あなたの手で」

そう言って、公爵夫人は世にも美しい足枷《あしかせ》をアンリの手に押しつけた。

「……できません」

「してください」

「そのような非道な――」

「アンリ様」

公爵夫人はアンリの言葉を遮《さえぎ》った。

「これは覚悟の象徴です」

「……覚悟の象徴？」

「ええ。おわかりでしょうが、この子は既《すで》に、あなた以外のもとには嫁《とつ》げぬ身です。この子は覚悟を決めました。あなたの子を孕《はら》み、あなたの妻となる覚悟をです。ですが、そうはいっても、まだ若い。覚悟がゆらぎ、逃げだしたくなることがあるやもしれません。そうなれば、あなたを愛する人々は不実な女を許さないでしょう。臆病な小鳥が鳥《とり》籠《かご》から逃げだして、宮廷をうろつく猫に食い殺されることがないように。あなたのためにも、この子のためにも、目に見える形の覚悟が必要なのです。どうか、あなたも覚悟をお決めください」

淡々と告げる公爵夫人のまなざしに気圧《けお》され、アンリは言いかけた言葉をのみこむ。

アンリには夫人を責める資格などない。

――そうだ。今さら、私には。

「そのような非道な真似はできない」などと、なぜ言えると思ったのか。

既《すで》にアンリは、プリムヴェールに対して充分に非道な行いをしてしまっている。

初恋だと告げられ、舞いあがった。

幼い日の恋慕《れんぼ》など一時の熱病にすぎないと窘《たしな》めることもできたのに。

神の前、民の前で、確かな誓いを立てる前に、プリムヴェールの無垢《むく》な好意を雄の欲望で汚した。

一度ならず、何度も何度も。

加えて、彼女との関係を隠そうともしなかった。自分の物だと知らしめたいとさえ願って。

その結果が、あの事件だ。

「アンリ様、さぁ……」

唇を噛みしめるアンリを公爵夫人が促《うなが》す。悔《く》いている暇があるならば、行動で示せと。

執事の背後で控えていた従僕が進みでて、アンリの前に椅子《いす》を下ろした。

「……わかりました。プリムヴェール」

呼ばれたプリムヴェールが進みでて、ちょこんと椅子《いす》に腰かける。

「さぁ、アンリ様！」

見上げた少女と見つめあい、アンリは息をのんだ。

ほがらかな声、きらきらと輝く新緑の瞳には恐れも迷いもない。花や菓子を受けとるときと同じ、恋人からの贈り物によろこぶ、無垢《むく》な少女の瞳。

「つけてくださいませ！」

脱げた靴を履かせてくれと甘える子供のように、プリムヴェールは高々と右足を上げる。

「……あぁ」

ゆっくりと彼女の足元に膝をつき、アンリは足枷《あしかせ》の金具を外して左右にひらいた。

細い足首に冷たい枷《かせ》をあてがい、そうっと閉じていく。

ごくり、とアンリの喉が鳴る。

かちり、と響いた金具の音に指が震えた。

「……ふふ、似合いますか？」

ぱたぱたと足を動かし、微笑《ほほえ》むプリムヴェールと見つめあったアンリは、心の奥から噴きあがる感情を悟られまいと目を閉じる。

強烈な罪悪感と——確かな所有のよろこびを。

「では、まいりましょうか！　それでは、お母様、いってまいります」

「ええ、いってらっしゃい。アンリ様、どうぞよろしくお願いいたします」

「ええ。公爵夫人。……お任せください」

そう言って頭を下げ、プリムヴェールの手を取り馬車へと乗りこみながら、アンリは自身の心の醜《みにく》さに、絶望じみた怒りを覚えていた。

城の自室に戻り、プリムヴェールの足枷《あしかせ》の鎖を寝台の支柱につなぐと、あつらえたように丁度の長さだった。

寝台の上を自由に動きまわり、寝台から足を下ろして立つことはできるが、そこから一歩踏みだせば、とたんに足をとられてつまずく長さ。

プリムヴェールは「すごい！　さすがお母様！」とはしゃいでいたが、アンリは暗澹《あんたん》たる思いに襲われた。

鍵はアンリが持っている。外そうとすればいつでも外せるが、寝台に囚われた恋人の姿を見ると、その非道さに居たたまれなくなる。

「もう、アンリ様ったら。深く考えすぎですわ。一風変わったアクセサリーだと思えばいいのですもの」

「だが……君の負担になるのは確かだ」

「ふふ、本当に私に甘い、おやさしい方ですこと。そんなに甘やかされたら、私、虫歯になってしまいそう！」

寝台に腰かけたプリムヴェールが頬を押さえ、パタパタとつまさきを動かす。

「そうですわ！　ご心配なら、アンリ様がお部屋にいらっしゃるときは外してくださいまし。それならば、夜の間は自由でいられますもの！」

さらりとプリムヴェールが口にした「自由」という言葉に、アンリは視線を下げた。

気にしないと言ってくれてはいるが、やはり不自由だと感じているのだろう。

「……わかった。そうしよう」

「では、さっそくですが……」

外してくださいまし――と淡い薔薇色《ばらいろ》のドレスの裾《すそ》を持ちあげたプリムヴェールの足元にアンリは膝をついた。

「はい、アンリ様。お願いいたします」

くすくすと笑う声。すとん、と太ももにかかる重さと華奢《きゃしゃ》なヒールの感触にアンリは眉を下げる。

「こら、プリムヴェール。お行儀が悪いぞ」

「あら、ごめんなさい。だって、丁度いい高さなんですもの……」

新緑の瞳をパチリとひらいて小首を傾《かし》げるプリムヴェールは、暴力的なほどに可愛らしい。

悪戯《いたずら》をしても許されると確信している、傲慢《ごうまん》な子猫のようだとアンリは思う。しかたないな、と首から下げた金色の小さな鍵を外し、足枷《あしかせ》に手をかけた。

「……こら、ジッとしていろ」

ひょこひょこと足先を動かすプリムヴェールの足首をつかんで、そのか細さに鼓動が跳ねる。

力を入れては折ってしまいそうで、アンリはガラス細工でも扱うように、そうっと押さえつけながら、鍵穴に鍵をさしこんだ。

「……プリムヴェール、やめなさい」

枷《かせ》のない左のつまさきが、彼の膝をつついて、くすぐるように上へと向かう。

「アンリ様」

甘えきった声にアンリは目を細める。

「そんな風に触れられると、ドキドキしてしまいます」

隠すことなく色をふくんだ響きに、アンリの腰の奥に小さな欲望の火がともった。

鍵を外し、そっと横に置いて、細い足首から膝へとなぞると、ん、とプリムヴェールが喉を鳴らす。

――細いな。

ちんまりと膝に置かれた指も手のひらも白く、やわらかい。本当に自分と同じ人間なのかと不思議になるほど、小さく華奢《きゃしゃ》で可愛らしかった。

「うふふ。実は私、ティーカップよりも重いものを持ったことがありませんのよ！」と言われたとき、素直に信じてしまったほどだ。後日、黒々むっちりとしたテリア種の犬を抱えて歩く姿を目にして、「あれは冗談だったのか」と気がついたが……

「もう、アンリ様。よそ見などしては嫌ですわ」

すねる声に、ハッと顔を上げると、細い腕がアンリの首に絡みつく。

「ねぇ、アンリ様。お父様もお母様も、お姉様も、ルイス様……の許しは別にいりませんけれど、認めてくださいましたし、もう我慢しなくてもいいのですよね？　アンリ様の赤ちゃんを、私に宿してくださるのですよね？」

疑問の形をとったおねだりに、アンリは容易《たやす》く煽《あお》られる。

「……だが、もうすぐ夕食だぞ。ドレスが汚れる。夜になるまで待てないか？」

白々しくなだめてみせたものの、内心はすぐにでも彼女を抱きたかった。考えるべきことは山ほどあるが、それが一番の近道であることも確かなのだ。

「うーん。では、じっくり味わうのは夜にとっておくとして……今は、おやつをください、アンリ様」

「小腹がすいているのか」

「ええ、とっても！　意地悪な月の使者に邪魔されて、もう、七日も食べておりませんもの。……欲しいです、アンリ様」

「……そうか。私もだ」

頷《うなず》くと、アンリはプリムヴェールの腰に腕を回して、ひょいと抱きあげ、くるりと裏返した。

小さな背を押してゆっくりと寝台に上体を伏せさせる。意図を察したプリムヴェールが自らドレスのスカートをまくりあげた。

さらけだされた白桃のような双丘を、武骨な手で愛《いと》おし気に撫《な》で、ゆっくりと指を沈ませては感触を楽しむように揉《も》みしだく。

「んっ、ん、アンリさまぁ、だめ、垂れちゃう……っ」

「垂れる？　――ああ、もう濡れているのか？」

「だって、アンリさまが、いやらしくさわるからぁ……ああっ」

「本当だ。すっかりとろけている」

太い指が割れ目を撫《な》であげ、潤《うる》む花弁の奥へと潜《もぐ》りこむ。とたん、熱くやわらかな肉が飛びつくように絡みついてきた。

彼女の好きな場所も触り方も、わかっている。ほんの十数回の出し入れで、プリムヴェールは背を震わせ、子猫のような声で喘《あえ》ぎ、果てた。

くたりと身体の力を抜いて、満足そうに息をつく少女を見下ろし、アンリは迷う。

ここで終わらせるべきか否か。

「……だめ」

許しを与えるように甘い声が誘う。「ください」と。

アンリは「ああ」と短く答えて前をくつろげ、プリムヴェールの身体に覆《おお》いかぶさり、ぐぐ、と腰を押しつけた。

「――っ」

華奢《きゃしゃ》な身体に不釣りあいの圧倒的な質量に声なく喘《あえ》ぐ薔薇色《ばらいろ》の唇を、無理やりに振りむかせて塞《ふさ》ぎ、腰を打ちつける。

ほんの少し窮屈《きゅうくつ》だった隘路《あいろ》はあふれだす蜜でぬかるみ、すぐに自分を犯す屈強な雄を悦《よろこ》んで受けいれはじめた。

「っ、――ん、ん、んんっ……ふっ」

寝台のきしみにまぎれて響くプリムヴェールの喘《あえ》ぎがいつもよりも控えめに感じられて、アンリの頭に疑問と焦燥がよぎる。けれど、すぐに理由を察した。ここは王城で、部屋の前には衛兵が待機している。

この寝台を使うのは、酔いに任せて彼女を夜の庭園からさらったとき以来だ。人払いがされていた生家と違い、プリムヴェールは扉の外に立つ男たちに遠慮しているのだろう。

「プリムヴェール、声を……」

「あ……ごめんなさ、うるさく、てっ」

「違う」

くびれた腰をつかみ、グッと引きよせると、甘ったるい悲鳴と共に華奢《きゃしゃ》な背が震える。やわらかな突きあたりに穂先が刺さる感触と絡みつく肉の熱さに、アンリは、ふ、と奥歯を噛みしめ、吐精をこらえてプリムヴェールの尻をやさしく撫《な》でた。

「……プリムヴェール、遠慮しなくていい。いつものように可愛い声を聞かせてくれ」

「だって、きかれちゃ……っ、あ、やっ、だめっ」

頬をそめ、いやいやとかぶりを振りながらも、軽く奥を突くたびに、もっと、とねだるようにプリムヴェールのほうから尻を押しつけてくる。

その快楽に貪欲《どんよく》な様《さま》も自分が教えこんだものだと思えば、ただただ可愛らしい。

初めて身体をつなげたとき、プリムヴェールはアンリのすべてを受けいれることさえできなかったというのに。

けれど、回数を重ねるにつれて、少しずつ身体が馴染《なじ》み、今では、あつらえたようにピッタリとおさまる。

はじめのころは強めに突くと胎《はら》が痛むのか、逃げるように腰を引いていたが、今では好むようになり、花芯に触れながら奥をゆらしてやれば、すぐに気をやるようになった。

その変化のすべてが、色恋沙汰から遠く、睦言《むつごと》といえば閨教育《ねやきょういく》の知識しかなかったアンリをよろこばせ、雄の支配欲と自尊心をくすぐり、満たしてきたのだ。

「あ、だめ、だめ、もう――」

白い尻がくねり、細い指が敷き布に爪を立て、握りしめる。絶頂が近いのだろう。

アンリは知らず口元をゆるめ、プリムヴェールの腰をつかみなおして、引きよせるように持ちあげた。彼女の弱いところに当たるように。

んゃう、と兄弟猫に叩《たた》かれた子猫めいた可愛らしい悲鳴が上がり、強まる締めつけにアンリの息が乱れる。

「っ、プリムヴェール、いきそうなのか？」

好きにいっていいぞ、と甘やかすように囁《ささや》くと、敷き布から離れた小さな手がアンリの武骨な手にかかり、爪を立てる。

「やっ、ん、いっしょ、いっしょが、いいですっ」

「……そうか」

小さく返し、アンリは荒々しく腰を打ちつけた。

声を抑える余裕もなくなったのだろう。聞きなれた嬌声《きょうせい》が彼を煽《あお》る。

——もっと、思いきり鳴かせてやりたい。

扉の外に立つ男たちに聞かれてもかまわない。

恥じらいなど忘れさせてやる。

これは私の物なのだと思い知らせてやりたい——誰に対してかわからない、そのようなことを願いながら、アンリはプリムヴェールをゆさぶりつづけた。

「やっ、あ、あぁ、ぅ、ふ、――っ、～～！」

一瞬、喘《あえ》ぎが途切れ、細い身体が強《こわ》ばり、ガクガクと跳ねる。プリムヴェールが達したとわかっても、アンリは律動をとめなかった。

このまま続ければ、もう一段、二段と高みに飛ばしてやれる。

すぎた快感に悲鳴じみた声を上げ逃げようとくねる腰を難なく引きもどし、やわらかな肉を穿《うが》ちつづける。

「やっ、や、いっしょ、っていったのにっ、ばかっ、ばかぁ……っ」

責めたてる声は甘く、手の甲に立てられる爪は小さく、弱々しい。

愛しさのままにアンリはプリムヴェールの背に覆《おお》いかぶさり、顎《あご》をすくって振りむかせ、唇を塞《ふさ》いだ。そうして、こみあげる衝動に抗《あらが》わず、吐精に向けて腰を速める。

「っ、――ふ」

最後の瞬間、アンリは、いつものように引きぬこうとして――思いきり突きたてた。

重ねた唇の間、プリムヴェールの甘鳴がはじける。

華奢《きゃしゃ》な身体をねじ伏せ、押しつぶすようにして、アンリは愛しい人の最奥で精を放った。

一滴残らず注ぎこみ、胎《はら》の入り口に塗りつけるように。

「……はぁ」

すべてを出しきりアンリが身を起こしたときには、プリムヴェールの意識は半ば飛びかけていた。

そっと腰を引き、ちゅぽんと間の抜けた音を立てて萎《な》えかけたものを引きぬいても、彼女は動かない。脚を閉じる余裕もないらしく、だらしなく左右にひらいたまま、時折、びくりびくりと小刻みに震える。

ぼんやりと焦点の合わない瞳を涙で濡らし、力なく寝台に伏せるその姿に、アンリは後ろめたいような心地になった。

「……プリムヴェール、大丈夫か？」

「……ぁ……」

ぼんやりとしていた新緑の瞳が二、三度、ゆっくりと瞬《またた》いて、元の輝きを取りもどす。

アンリはホッと安堵《あんど》の息をつく。

「……はい、大丈夫ですわ」

ふふ、と唇をほころばせ、プリムヴェールは身をひねって彼に手を伸ばし、口付けをねだった。

そっと身をかがめ、それに応えながら、ふとアンリの胸を暗い感情がよぎる。

――また、無理をさせてしまった。

いつもこうだ。大切にしようと思っているのに、最後は自分の欲に負けてしまう。

――最低だな。

プリムヴェールと婚約を結んでから、事《こと》あるごとにアンリはそう感じていた。

――本当に、私でいいのだろうか。

こんな自分と結ばれることで彼女は幸せになれるのだろうか――と。

家柄も持参金の額も文句のつけようがなく、これだけの美しさとなれば、彼女を欲しがる男は夜空に浮かぶ星の数ほどいるに違いない。

――なぜ、私なのだろう。

その星の中には、アンリよりも魅力的な青年が覚えきれないほどいるはずなのに。

アンリは、きちんと理解していた。

自分が兄であるルイスほど、女性の気を引く見目麗《みめうるわ》しい男ではないことを。

貴族の中には、過剰なほどに鍛《きた》えあげられたアンリの肉体を「貴族らしくない」「野蛮だ」と眉をひそめる者もいる。

――父上も、言っていたじゃないか。

それなりに引きしまった肉体は、魅力の一つになるだろう。けれど、盗賊に襲われたとき、自ら賊を殲滅《せんめつ》できるような蛮勇は、この国の貴き人種には求められない。

戦乱の時代ならばともかく、国が安定し、百年が過ぎた今、そういった血なまぐさい行為は下々——貴族を守り仕える立場の者に任せるべき野蛮な行為で、貴族の男に求められるものは芸術を解する心や知性、繊細《せんさい》な優美さなのだ。

そのような道理を、幼き日のアンリとルイスに説いたのは、二人の父であるセプトゥル国王だった。

「……だから彼女は、武骨な私よりも繊細《せんさい》な弟を選んだのだろう」と肩を落とす父の筋骨逞《たくま》しい体躯《たいく》を見上げ、アンリはかける言葉が見つからなかったものだ。

ルイスは「では、私は大丈夫ですね！　生まれながらの優美な美男子ですから！」と笑いかけ、「おまえは知性と繊細《せんさい》さがなさすぎる！」と雷を落とされていたが。

おそらくルイスは、そのような話を聞かされたことすら忘れているだろう。だがアンリは、父の言葉を愚直に信じている。

貴族の女性が好む男は、自分のような面白みのない武骨な男ではなく、兄のような遊び心のある優男《やさおとこ》なのだと。

事実、ルイスに群がる女性は昔から途切れたことがないが、アンリには、いつまで経っても縁談の一つも舞いこんでこなかった。

夜会でもご夫人ご令嬢方はアンリを遠巻きに見てはひそひそと何かを囁《ささや》きかわすばかりで、ろくに話しかけてもこない。

――プリムヴェールは、私のせいだなどと言っていたが……

あの侍女が事件を起こした日。プリムヴェールは「私が父に頼んで縁談を邪魔していたのです」と打ちあけ、泣いて許しを乞《こ》うてきたが、アンリは怒りなど感じなかった。

彼女が邪魔をせずとも、どのみち大した縁談など望めなかっただろう。

彼女の告白を聞いて、むしろ、嬉しいとさえ思ったのだ。自分のような男を十年近くも思いつづけてくれていたのかと。

――こんな冴えない、予備王子の筋肉馬鹿を。

筋肉馬鹿――そう、ルイスに揶揄《やゆ》され、ご令嬢への受けが悪いと知りつつも、アンリが騎士にまじっての鍛練《たんれん》をやめなかったのは半ば意地でもあった。

ルイスは努力を嫌う男だが、無能ではない。

おそらく、兄が本気になって取りくめば、大抵のことはそれなりにできるようになることをアンリは知っていた。

だからこそ、剣を捨てられなかったのだ。

長年の鍛練《たんれん》の差は、ほんの数ケ月では埋められない。

兄よりも確実に優れたもの、超えられない何かが、一つでいいから欲しかった。

人々を助けてきたのもそうだ。

正しくあることで、誰かの役に立つことで、兄よりも優れた人間だと思われたかった。

一朝一夕では追いこされない、ゆるがない民の信頼を勝ち得たかった。

何もかも自分のため、自分のエゴだ。

――つくづく、心の醜《みにく》い男だな。

小さく溜め息をついたところで、アンリの頬を細い指が撫《な》でる。

「アンリ様、どうかなさったのですか？」

「……何でもない。少し……君といられる幸福に浸《ひた》っていただけだ」

「まぁ、アンリ様ったら！」

ほがらかな笑い声に耳をくすぐられ、悔やむそばから、性懲りもなく欲望が首をもたげた。

そんな自身の反応に嫌悪を覚えながらも、アンリはプリムヴェールの腰を引きよせる。

――早く孕《はら》んでしまえばいい。

そうすれば、もう彼女は私を選ぶしかないのだと諦めがつくのに――そんな身勝手なことを考えていた。

＊＊＊

「プリムヴェール、ソレイユからの差し入れだ！　ありがたく受けとれ！　婚礼の準備で忙しいあいまを縫って、わざわざソレイユ手ずから焼いてくれた最高のビスケットだぞ！」

ずいと皿を差しだしたルイスの手から素早くそれを奪ったプリムヴェールは、「まぁ！お姉様ったら！　私のためになに！」と寝台から乗りだし、ひらいた窓に向かって叫んだ。

「お姉様ー！　ありがとうございまーす！」

傾きかけた陽がさしこみ、金の足枷《あしかせ》がキラリと光る。

「私ったらー、お姉様に愛されてるー！　アンリ様にもー！　とっても幸せー！」

「おい、プリムヴェール、それは私へのあてつけか？」

ムッとルイスが腕を組むと、振りかえったプリムヴェールはふふん、と鼻で笑った。

「何だその態度は。アンリに対する態度とはずいぶんな差じゃないか！」

「当然ですわ！　アンリ様とルイス様には、燦然《さんぜん》と空に輝く太陽と、そこらに落ちているガラス玉ほどの違いがありますもの。同じようには扱えません！」

「……なぁ、以前はそんなんじゃなかっただろう？　私にだって、貴族の令嬢として礼儀正しく接してくれていたじゃないか。仮にも命の恩人に向かってヒドイと思わないのか？」

「感謝はしておりますわ。ルイス様が庇《かば》ってくださらなかったら、私、どうなっていたことか……」

プリムヴェールがしんみりと長い睫毛《まつげ》を伏せて、すぐにキリリと顔を上げた。

「ですが、それとこれとは別です！　だって、お姉様に愛されているルイス様が憎らしいんですもの！」

「え？」

「お姉様が幸せなのは嬉しいですが、近ごろのお姉様はルイス様とイチャイチャしてばっかりで……私、嫉妬《しっと》してしまいます！」

ぷんと頬をふくらませるプリムヴェールの言葉に、ルイスの口元がだらしなくゆるむ。

「そ、そうか……それはまあ、しかたがないな！」

イラッとはするが、これがプリムヴェールなりの甘え方なのかもしれないとルイスは思いなおした。

明らかに他の人間に対してとは違う、歯に衣着《きぬき》せぬ物言いも雑な態度も、親密さの表れと言えなくもない。

姉婿《あねむこ》としてルイスと親しもうとしているのだと思えば、悪い気はしなかった。ソレイユとの仲に嫉妬《しっと》するなど、可愛いものだ。

こほん、と咳《せき》ばらいをして、ずいぶんと厚みを増してきた胸を叩《たた》き、ルイスはプリムヴェールに言いはなった。

「いいぞ！　どんどん冷たくあたれ！　未来の妹よ！」

「近寄らないで！　馴れ馴れしい！」

「……待て。さすがにそれは傷つく。もう少し、やさしくしてくれ」

「まったく、わがままなお義兄《にい》様ですわね。ルイス様、お姉様はおやさしい方ですが、その愛情に甘えていてはいけませんよ！」

「それは、わかっているさ」

「まぁ、私は、アンリ様の愛情に甘えられるだけ甘えまくりますけれど！」

「……おまえ、自分に甘すぎないか？」

「いいえ！　お姉様とアンリ様は許してくださいます！　ルイス様には許されなくともかまいませんし！」

「……そうか」

腰に手を当て、つんと顎《あご》をそらすプリムヴェールは憎らしいが、ソレイユに似て可愛らしい。

「……あ、ああ、そういえば、屋敷でテリアの子犬が生まれたぞ」

「え？　まぁ！　ようやく？　あぁ、会うのが楽しみですわ！　お姉様もさぞおよろこびでしょうね！」

「ああ。さわると母犬が興奮するからと、日に何度も何度ものぞきに行っている。ついつい嫉妬《しっと》して、『子犬と私とどちらが大事なんだ⁉』と問いつめてしまったくらいだ。まぁ、ソレイユは『ルイス様です』と言ってくれたがな！」

ふふん、とルイスが胸を張ると、ゴミクズでも見るような冷ややかなまなざしが返ってくる。

「……ルイス様、ご自分で言っていて恥ずかしくありませんの？　こんな方が兄だなんて、アンリ様がお可哀想です」

「っ、私のほうが！　ただ転がっているだけの子犬よりも色々と便利だから！　それに、犬と同じように芸だってできるぞ！」

「……へぇ」

「何だその目は！　本当だぞ！」

「どのような芸を？」

「鼻パクだ！」

「鼻パク？　どのような？」

「鼻の上におやつをのせて、手を使わず、落とさず食べる芸当だ！」

「……へぇ」

冷ややかを通りこして虚無《きょむ》へと変わった新緑の視線に、ルイスは、うぐぐ、と唇を噛みしめた。

「ソレイユは立派な芸だと言ってくれたぞ！」と主張したところで、「社交辞令でしょう」と切りすてられるのは目に見えている。

「自分は芸もできないくせに！」と言いかえしたいが、プリムヴェールに嫌われては、ソレイユにも嫌われるかもしれない。

そう思うと、多少腹が立っても、プリムヴェールには強く出られないのだ。

「……そういえば、アンリも犬は好きだぞ」

「えっ！　そうなのですか？」

ぱちりと瞬《またた》いた新緑の瞳がキラリと輝く。

「では！　私も覚えますわ！　鼻パクを！」

「え？」

「だって、アンリ様には子犬よりも私を可愛がっていただきたいですもの！」

「………そうか」

「はい！」

「そういえば、その足のやつも犬っぽい気がするな」

「はい！」

「……私もつけようかな。なぁ、私も枷《かせ》をつけたら、ソレイユはよろこんでくれると思うか？」

「知りません！　それよりも鼻パクの仕方を教えてくださいまし！」

「……わかった」

少しだけこみあげる涙をこらえつつ、ルイスはプリムヴェールの持つ皿にかけられた絹のハンカチを取りさった。

「このビスケットを使おう」

「はい」

うんうん、と頷《うなず》きあって寝台に乗りあげる。敷き布の上でルイスは、プリムヴェールと膝をつきあわせて向かいあう。

うっかり衛兵の目に触れては大恥をかくので、カーテンは閉じることにした。

「いいか。これを、こうして……」

心もち上を向き、小さなビスケットを一つとり、ちょこんと鼻梁《びりょう》にのせる。

「……下を向いて、落ちる前に――！」

さっとビスケットに食らいついた。

「こうだ！」

「……へぇ。簡単そうですし、それなら私にもできそうですわね」

ふふ、と笑ったプリムヴェールはビスケットを一つ、つまみあげ、つんと上を向き、鼻にのせる。

「こうして――」

こう、と下を向き――ぽてん、とビスケットがミントグリーンのドレスの膝に落ちた。

かちん、とプリムヴェールが宙を食《は》む。

「あら？　間に合いませんでしたわ」

ルイスは言葉に詰《つ》まった。

明らかに今、プリムヴェールはビスケットが膝に落ちてから噛みにいっていた。

「……ええと、もう一度やってみろ」

「はい！」

元気よく答えたプリムヴェールは膝に落ちたビスケットを口に入れ、新たな一枚を手に取ると、再び鼻梁《びりょう》にセットする。

「こうして……こう！」

——ぽてん、かちん。

「……あら？」

「もう一度だ」

「はい！　こうして、こう！」

——ぽてん、かちん。

「……わかった。目をつむるな。ちゃんとひらいて、食らいつけ」

「え？　私、つむっていました？」

「ああ」

「おかしいわね」

ううん、と首を傾《かし》げて、四枚目のビスケットを鼻にのせ、プリムヴェールは勢いよく下を向く。ビスケットは向かいあったルイスの膝に飛んできた。

そうして、かちん、とまたしてもプリムヴェールが空を噛む。

「あら？　ビスケットはどこに？」

しっかり目をつむっていた上に、ビスケットが飛んだことにさえ気がついていない。

「……プリムヴェール、おまえ、下手にもほどがあるだろう」

憐《あわ》れむような視線が気に障《さわ》ったのか、ムッとプリムヴェールは眉を寄せ、ルイスの膝からビスケットを奪いとった。

「やはり、やめます！　こんなことができなくても私は！　アンリ様に嫌われたりなどしませんもの！　ルイス様は！　どうかわかりませんけれど！」

「なっ、私だって！　ソレイユに嫌われたりなどしない！　おまえこそ、そんな下手な芸では、アンリをよろこばせることなどできないからな！」

「ご心配いただき光栄です、ルイス様。ですが、私は、いるだけでアンリ様のよろこびになりますのでぇ、何の問題もありませんわ」

ふふん、と笑いながら、ビスケットを食《は》むプリムヴェールは可愛らしいが小憎らしい。

「ぐぬぬ」と呻《うめ》いたルイスは、「こうしてやる！」と皿に残っていたビスケットをまとめて鷲《わし》づかみ、口に押しこんだ。

「あ～！　ずるい！　ずるいっ！　返して！　返してぇっ！」

「ふぐぐ！」

「ひどい！　最後の一枚はとっておいて、口渡しでイチャイチャするつもりだったのに！」

瞳を潤《うる》ませたプリムヴェールが小さな拳《こぶし》を振りあげ、ルイスに殴りかかってくる。ばしばしと胸を叩《たた》かれたところで痛くも——いや、地味に痛い。きっとアンリに対する力加減が基準となっているのだろう。

弟はプリムヴェールのことを天使だ妖精だ子猫だと例えるが、どちらかというとこれは猛犬だとルイスは思う。小さくとも勇猛果敢で気が強いテリア種の猟犬だ。

——父上もアンリも、叔父上も、だまされているんだ……！

げほっ、とむせながら、ルイスはプリムヴェールの手首をつかみ、押しとどめようとして——

「……何をしているのですか、兄上」

静かな声に、ピタリと二人は動きをとめた。

「……アンリ様」

「むむぐ」

カーテンがひらき、さしこむ光。先に動いたのはプリムヴェールだった。

「アンリさまぁっ！　ルイス様が！　お姉様が私のために作ったビスケットを！」

　わあああ、とあからさまな嘘泣きをしながら飛びついてきた猛犬――プリムヴェールを子供のように抱きあげ、ようやくアンリは状況を把握したらしい。

　呆《あき》れたように――いや、どこかホッとしたように息を吐くと、ルイスにいつもの堅苦しい表情を向けてきた。

「兄上、二十四にもなって子供じみた真似はおやめください」

　言いかえしたくともルイスの口の中はビスケットでいっぱいで、ムググと唸《うな》ることしかできない。

　――元はといえば！　プリムヴェールのせいなのに！

　ようやくゴクンとのみこんで、寝台から下りたルイスは当てつけのように言いはなった。

「ふん！　芸のない娘を仕込んでやろうとしただけ――ぎゃっ、おまっ、じょ、冗談もわからないのか……！」

　ミシミシと頭に食いこむ太い指、きしむ頭蓋《ずがい》にルイスが悲鳴を上げると、ようやくアンリは手を離した。

「ふ、ふんっ！　筋肉馬鹿め！」

「なんてことを！　それを言うのなら、ルイス様は筋肉すらない馬鹿ではありませんか！」

「なっ、あるさ！　最近は！　少しは！」

「アンリ様と比べれば、豆のつるのようにヒョロヒョロです！」

「プリムヴェール、よしなさい」

「いいえ！　お姉様に言いつけてやります！」

「ふん！　ふんっ！　やってみるがいい！　ソレイユはそんなことで私を嫌いになったりするものか！　たぶん！　嫌いになんてならないからな！」

「結果が楽しみですわね！」

「ああ、さっさと孕《はら》んで、この優雅な牢獄から出られるといいな！　私はもう帰るぞ！　ソレイユのもとへ！」

「あの家は、あなたの家じゃありません！」

「いいや！　私の心の家だ！」

ふんっ、とそろってそっぽを向いて、十八歳児と二十四歳児の不毛な応酬を終えたルイスは、アンリに向きなおり――おや、と首を傾《かし》げた。

「……どうした、アンリ？　婚約者の幼稚さに嫌気がさしたのか？」

ルイスの言葉にアンリは首を横に振り、兄の頭をもう一度、がしりとつかんで締めあげる。

「いいえ、兄上。どうぞ気をつけてお帰りください」

「ああ、やめろ！　わかった！　もう、おまえの前でプリムヴェールの悪口は言わない！」

「いないところでもダメです」

「わがっだ！　本当に潰れるからやめろ！」

「はい」

ようやく痛みから解放され、ルイスは素早くアンリから距離を取った。ふん、と襟《えり》を正して胸を張り、「じゃあな」と言いすて、アンリとプリムヴェールに背を向ける。

――まったく、アンリの奴！　妙に暗い顔をしているから心配してやったというのに！

扉をあけ、冷ややかな視線を向ける衛兵たちに鷹揚《おうよう》に声をかけ、ルイスは長い廊下を歩きはじめた。

――いや、だが、本当に暗い顔をしていたな。

一瞬見せたアンリの暗澹《あんたん》たる瞳が脳裏に浮かび、三歩歩いたところでぼやける。

――まぁ、悩みもするか。

ルイスは、さして気にもとめなかった。

恋愛結婚に玉座。手に入らないと思っていたものが一気に転がりこんできたのだ。混乱もするだろう――と。

愛する女に愛されていて、未来の王の座も約束されている。

多少の障害があったとしても、アンリが望むものは既《すで》に彼の手の中。いっとき悩み苦しんだところで、幸せには違いないはずだ。

――せいぜい、幸福に悩むがいいさ。

くく、と笑って足を速める。

ルイスは微塵《みじん》も考えなかった。アンリが自分とプリムヴェールの仲を疑い、嫉妬《しっと》したという可能性を。ルイスは、ある意味、アンリ以上にプリムヴェールのアンリへの愛情を信じていたのだ。

――ああっ、私も早くソレイユと一緒に暮らしたい！

さっさと帰って、ソレイユにプリムヴェールは元気だったと伝えて褒《ほ》めてもらおう。

そう考え、はずむ足取りで意気揚々《ようよう》と城を後にした。

そして、上着についたビスケット屑《くず》でルイスの所業はソレイユの知るところとなり、こってり叱《しか》られることとなったのだった。

＊　＊　＊

「――しかし、アンリ様がルイス様との手合わせでお怪我《けが》をなさるとは、今宵《こよい》は豪雨か大雪か……何か恐ろしいものが降りそうですな」

ほっほっほ、と口ひげをゆらして笑う宮廷医師――ジョセフの言葉に、アンリは苦笑を返した。

「ジョセフ、雲一つない青空だぞ」

「ほっほっほ。冗談ですとも。しかし、このような小さなものでも傷は傷。いや、かすり傷ならばこそ、きっとルイス様は安心して『軍神に勝った！』と言いふらすことでしょうなぁ」

「別にかまわないさ。兄上は元来、何事もやればできるお方だ」

「おやおや、本当にアンリ様は謙虚《けんきょ》でいらっしゃる。これが逆の立場ならば、きっとルイス様はおっしゃることでしょう。『手からすっぽ抜けた剣がたまたま当たったくらいで勝ったと言えるものか！　正々堂々打ち負かしてから言え！』と。まぁ、ルイス様も今ごろ、同じようにソレイユ様に窘《たしな》められているでしょうが」

「待ってくれ」

アンリはジョセフの言葉に戸惑《とまど》う。

「……誰に聞いたんだ?」

ルイスとの鍛練《たんれん》は、初日の軽い手合わせで彼の実力のほどを知って以来、兄の名誉のためにアンリは見学を禁じていた。

「ほっほ、まあ、軍神を崇《あが》める者の一人が、たまたま近くを通りかかって目にしたようです」

「……ああ、わかった。兄上がぶつかりそうになった洗濯婦だな」

訓練場でアンリの顔を見るなり、ルイスは満面の笑みで「どうした、その隈《くま》は? 寝不足か? はは一ん、さては昨夜はお楽しみだったというわけか! これならば、私にも勝機がありそうだ!」と、一人盛りあがっていたのだ。ところがいつも以上に入った気合は残念ながら空回りして、ルイスの挙動は大雑把になり、盛大な空振りも多かった。

一時間ほどしてルイスの息が切れてきたところで、また大きく空振りし、「ああ、くそっ!」と勢いよく向きなおった拍子に汗で手がすべったのだろう。

ルイスの手から矢のように飛んだ剣が、アンリの左腕をかすめた。

並の騎士ならば、まともに腕か胸に突き刺さっていたに違いない。ほかならぬアンリだからこそ避けられたのだ。

ルイスは直後こそアンリを案じたものの、怪我《けが》が大したことはないと知るやいなや「初勝利だ！」と快哉《かいさい》を上げ、ソレイユの名を叫びながら主人に呼ばれた犬のように走っていった。

洗濯婦とぶつかりかけたのは、そのときだ。

一方、アンリは兄を見送ったのち、ひっそりとジョセフのもとを訪れた。

「ほっほ、正解です。仕事を放りだしてまで私のもとへ教えに来ました。もしもアンリ様が訪れないようならば、私のほうから診に行ってほしいと、それはもう必死な形相で……アンリ様、軍神を崇《あが》める者たちはあなた様が思う以上に多いのですよ。私の耳には、毎日のようにあなた様を称える声や情報が入ってきます」

「……そう、なのか。私は、いつ、彼女に崇《あが》められるようなことをしたのだろう」

「昨年の国境での争いで、故郷の老いた親と息子をアンリ様に救われたそうです。……ですが、心配は御無用です。あの洗濯婦は、先日の侍女のようなおかしな恋慕《れんぼ》の情など抱いてはおりませんからな」

「そうか。……子供はいくつだ」

「今年で八つと聞いております」

「夫はいるのか」

「いえ、六年前に……あの盗賊団の犠牲者の一人だとか……」

「……それは、気の毒に」

夫を亡くし、洗濯婦として働いている女。調べれば、すぐにわかるはずだ。

アンリに対して職務以上の思い入れを持っている者を宮廷に置くことを、スフェール公爵は嫌がるだろう。

だが、幼子《おさなご》と老親を抱えた女が職を失えば、どうなることか。

――洗濯婦ならば、プリムヴェールと顔を合わせることはないだろうが……

どうするべきかと思案し、小さく溜め息をつくアンリをジョセフは労《いたわ》るように見つめていたが、あえて何かを尋ねようとはしなかった。

ただ、しゅるしゅるとアンリの腕に包帯を巻きつけ、ハサミを入れていく。

その一歩引いた気遣いが心地よく、アンリの心をゆるませた。

「……昨夜、兄上が来ていただろう」

「はい。衛兵を押しのけてアンリ様の部屋に入っていかれたとか……」

やはり、そのことも耳に入っていたのか、とアンリは眉を下げる。

「アンリ様？」

「……部屋の前に立って、扉をあけたとき、プリムヴェールの楽しそうな声が聞こえたんだ。私には使わないような気安い口調で、寝台のとばりが閉じていて……私は、一瞬、二人の仲を疑った」

「二人の？」

ほっほっほ、と愉快そうにジョセフは笑い、ゆったりと首を横に振りながら言いきった。

「まさか、ありえません」

彼はプリムヴェールのアンリへの執着をよく知っている。

スフェール公爵の主治医を任された縁から、プリムヴェールの幼い時分より面識があり、彼女の本質を察しているため——だけでなく、アンリとプリムヴェールの婚約が決まった少し後、アンリの酒に盛る薬を彼女からねだられたせいだ。

最初のうちは「まだ婚約が夢のようで……二人の絆《きずな》を確かなものにして安心したいのです」と可憐《かれん》な乙女のような言いわけを並べていたが、ジョセフが「アンリ様を信じなさい」「たった半年の我慢ではないですか」と冷たくあしらっていると、「もういやなの！一秒も待てないの！　私は！　アンリ様が！　欲しいの！　欲しいんですのー！　おじいちゃま！　お薬ください！　くださーい！」とうさぎのように飛びはね、泣きわめいてねだりはじめた。

――いやぁ、あのときのプリムヴェール様は、本当に可愛らしかった。

彼女は、きちんと理解しているのだ。ジョセフには聞きわけのない子供のようにねだる方法が一番効くと。

長く王家に仕えるジョセフにとって、幼い時分より成長を見守ってきたアンリやルイス、ソレイユとプリムヴェールは孫のようにも感じる大切な存在だ。

特に末っ子の位置にいるプリムヴェールは昔から甘えん坊で、風邪をひいて薬を出せば「あまいのがいい！　おじいちゃま！　あまいの！　あまいのじゃないとやー！　のまなーい！」と世にも可愛らしい顔で泣きわめく、本当に手のかかる子供で、一番に可愛く思っていた。

だからこそ、医師の良心に背《そむ》いてでも、本気で泣いて頼む彼女の望みを叶えたのだ。

ジョセフはプリムヴェールが、どれほどアンリを欲しているのかを知っている。

プリムヴェールが王城に入って今日で六日。足枷《あしかせ》の負担の有無を確かめるために何度か診察しているが、彼女はいつも満足そうだ。

ゆえに、ルイスと二人きりになったところで何かが起こるなどという可能性は、杞憂《きゆう》どころか笑い話としか思えなかった――のだが。

「……そうだ。愛する人を疑うなどありえない。だが私は……疑ってしまったんだ」

「アンリ様？」

静かな声にジョセフは笑みを消す。

のろけ話などではないのだ、とアンリの表情が告げている。

愛する人すら信じられない自分の心の醜《みにく》さに彼は絶望していた。

「……疑うのは私の心の弱さゆえだ。私は、いつの間にこれほど弱くなったのだろう。いや、元々弱い人間だったのかもしれないな……。兄上が言っていた。今のプリムヴェールは優雅な牢獄にいるのと同じだと。そんな生活を強《し》いておきながら、こんな私が彼女に愛される価値があるのかと、正直怪しく思えてくる」

「……アンリ様……」

かける言葉に迷い、ジョセフは手にした包帯を握りしめる。

アンリの不器用さが愛しく、哀《あわ》れだった。

プリムヴェールに尋ねれば、微塵《みじん》の迷いもなく「ええ、勿論《もちろん》！　むしろ、なぜないと思いましたの？　驚きですわ！　だって、私、アンリ様のことを世界一愛していますのに！」と喜々として飛びついてくるだろうに。

ルイスと違い、アンリは愛しい女性の前では弱さを見せられない男なのだ。

「……なぁ、ジョセフ」

ひそやかな溜め息をこぼし、気まずい沈黙を破ったのは、アンリだった。

「宮廷に仕えて何年になる？」

「陛下の父君の代からになりますので、かれこれ五十年近くたちますかな」

「……そうか。……ならば、祖父と父、二人の王の成長と統治を見守ってきたわけだな。そして、私と兄上の成長も」

「はい」

「ジョセフ、私は……王になる価値のある男なのだろうか」

アンリの問いに、ジョセフは息をのむ。

「何をおっしゃるのです！」

「わかっている。価値がなくとも王にはなれる。王になるからには民のため、国のため全力を尽くすつもりだ。だが……」

言葉を重ねるにつれ、アンリは自分の問いの意味のなさに気づいた。

今さらルイスを王太子には戻せない。

価値がない、とジョセフが答えられるはずはないのだ。

「……すまない。くだらない質問だったな」

「いいえ。答えさせていただきます」

「ジョセフ」

「アンリ様は、この国の王となるに相応《ふさわ》しいお方です。誰に言われずとも、ルイス様にどれほど馬鹿にされようとも、王になる日に備《そな》え、たゆまぬ努力を重ねていらしたではありませんか」

治療のために豪奢《ごうしゃ》な上着もシャツも脱いだアンリの身体は、鋼《はがね》のように鍛《きた》えあげられている。

軍神と呼ばれるに相応《ふさわ》しいその姿になるまで、彼がどれほどの鍛練《たんれん》を重ね、戦場に立ち、剣をふるってきたのか。

「泣き言一つ漏らさず、ひたすらに高みを目指してこられたあなた様のお姿を、私は誰よりも……とは言いすぎですが、よく知っております。アンリ様ほど、王に相応《ふさわ》しい男はおりません」

「……ありがとう」

幼いころから生傷の多かったアンリは、父である王と同じくらい、宮廷医師であるジョセフに親しんできた。第二の父とも呼べる相手からの讃辞に、照れくさいような誇らしいような気持ちになる。

ふ、と温かな沈黙が落ちて、老医師と第二王子は微笑《ほほえ》みあった。

「……アンリ様、きっと疲れておられるのですよ。今日は、早めにお休みください」

「ああ、わかった」

ゆったりと立ちあがると、アンリは椅子《いす》の背からシャツを取り、袖を通す。

ボタンを留めていくにつれ、先ほどの自分の問いや愚痴が情けなく思えてきて、そそくさと上着を手に取りつつぽそりと呟《つぶや》いた。

「……その、ジョセフ……先ほどのことは……」

「勿論《もちろん》、誰にも言いませんとも」

「……ありがとう」

ひそりとした会話に、いっそう恥ずかしさが募《つの》る。こほん、と咳《せき》ばらいを一つして、アンリは声を強めた。

「ありがとう、ジョセフ。助かった。では、失礼する」

「はい、アンリ様。どうぞ、お気をつけて。……ああ、アンリ様」

「何だ」

「昔からずっと変わらず、プリムヴェール様は誰よりもアンリ様に夢中でございますよ」

「……そうか」

ほんのりと耳たぶの熱さを感じながら上着を羽織《はお》ったところで、高らかなノックの音が響いた。

「――失礼いたします。アンリ様、至急、お部屋にお戻りください」

扉の向こうからかけられた男の声にアンリは聞きおぼえがあった。

アンリの部屋の前に交代で立つ衛兵の一人だ。

年はアンリより一つ上。男爵家の三男で、爵位は低いが宮廷槍試合で第五位に食いこんだこともあり、その腕を買われて衛兵に選ばれた。

何度か試合で当たったこともあって、アンリは彼の名を覚えていた。

「ジャン、どうした？」

問いながら扉に駆けより、がちゃりとひらく。

「ソレイユ様がプリムヴェール様を訪ねてこられていたのですが、そこにルイス様が飛びこんでいらして……」

そこまで聞いたところですべてを察してアンリは足をとめた。

「そうか」

「ルイス様が意気揚々《ようよう》とアンリ様に勝ったなどと宣言したものですから、プリムヴェール様が『嘘つき！』と叫ばれて、ルイス様が『嘘じゃない！』と言いかえされて、その、それからは……」

「……そうか」

昨夜の言い争いの様子がよみがえり、アンリは深々と溜め息をつく。

ジョセフに話を聞いてもらった今になって思えば、なぜあれを逢引《あいび》きなどと誤解したのだろうかと不思議に思えてくる。

どう考えても玩具の取りあいをする幼児の会話だったというのに。

「……そうか……世話をかけてすまない」

疲れたようなアンリの言葉に、衛兵は一瞬俯《うつむ》き、すぐにピシリと背すじを伸ばした。

「いいえ！　アンリ様のお役に立てれば幸いでございます！」

ハキハキと答え、礼をする青年に「そうか」と軽く微笑《ほほえ》みかけて、アンリは医務室を後にする。

ソレイユが必死に二人をなだめているであろう現場に、走らず、それでいて全速力で向かいながら、ふとアンリの頭を疑念がよぎった。

――この衛兵は、いつからあそこにいたのだろう。

ノックの直前に、足音はしなかった。

医務室の前の廊下は大理石が使われている。衛兵のブーツで歩けば、それなりの音がするはずだが。

少し遅れて追いかけてくる衛兵に声をかけようと振りむきかけて――「おやめなさーい！」と廊下の奥から響いたソレイユの声に、スッとアンリは前を向く。

今は、それどころではない。

――きっと、ジョセフとの話に夢中になって聞き逃したのだろう。

そう判断してアンリは修羅場《しゅらば》と化しているであろう自室に急いだ。

「――もう、枕が破れてしまったじゃない！」

ソレイユの悲痛な声がアンリの耳に届く。あの枕の中には、ガチョウの羽がたっぷりと詰《つ》まっている。寝台の惨状が目に浮かぶようだ。

アンリは頭を抱えたくなるのをこらえ、いっそう足を速めた。

＊　＊　＊

枕を替えた次の晩。

プリムヴェールの枷《かせ》を外して睦《むつ》みあい、彼女が眠りについたところで、遠慮がちなノックの音が響いた。

「――アンリ様、ジョセフ様がお呼びです。その……プリムヴェール様のお身体のことで至急お伝えしたいことが、と……」

扉をひらいて見慣れた衛兵――ジャンが恥ずかしそうに俯《うつむ》きながら口にした言葉を、アンリは疑わなかった。

昨日、枕でルイスを連打したプリムヴェールは、足枷《あしかせ》で少し大きめの擦《す》り傷《きず》を作っている。

そのとき、治療に呼ばれたジョセフは、「ついでだから全体的に診ておきましょう」とアンリを部屋の外に追いだした。おそらく、ご婦人特有の項目の診察もしたのだろう。

「至急と言ったのか？」

「はい」

床を見つめたまま頷《うなず》くジャンの言葉に、アンリが真っ先に思いうかべたのは「ご懐妊」の文字だ。

――いやいや、早いだろう。

プリムヴェールが侍女に襲われたあの日が、彼女の月の障《さわ》りが終わった日だった。

あれから、十日も経っていない。

少なくとも、次の月の障《さわ》りの時期が過ぎるまで確かなことはわからないはずだ。

――考えていてもしかたがないか。

聞けばわかることだとアンリは頷《うなず》き、ジャンに礼を言うと医務室に向かった。

「いいえ。……アンリ様のお役に立てれば幸いでございます」

深々と腰を折ったジャンの顔に悲壮な決意がみなぎっていたことなど、ついぞ気づかないまま。

＊＊＊

遠く響いた物音で、プリムヴェールは、まどろみから覚めた。

何か重たい物が、ぶつかりあったような音だ。

「……何、今の音……？」

のろのろと起きあがり、あたりを見渡してホッと息をつく。アンリはいない。足枷《あしかせ》は外れている。

──そういえば、何か話していたわね……？

ウトウトとしながらも、彼が衛兵と話しているのを聞いた気がする。

──確か、ジョセフが私のことでどうとか……？

ハッとプリムヴェールは起きあがり、顔を輝かせた。

——もしや、懐妊⁉

グッと拳《こぶし》を握りしめ、直後、しんなりと肩を落とす。

——それほど早くわかるはずがないわよね……。

妊娠を疑うのは、もっと先のことだろう。

——では、何かしら。……何か病気とか……嫌だわ、怖い。

アンリと一緒に生きられなくなってしまうかもしれないと想像するだけで、プリムヴェールの瞳は潤《うる》んでしまう。

——まぁ、ないわね。ジョセフおじいちゃまが、『相変わらず細っこいのに、心身共に健康そのものですな！』と褒《ほ》めてくださったもの。

すぐさま立ちなおり、プリムヴェールは扉に視線を向けた。

先ほどの物音。様子を見に行ったほうがいいのだろうか。

——でも、一度きりだし、衛兵が居眠りをしてよろけただけ、なんてことだったなら……気まずいわよね。

気づかなかったことにしよう、とプリムヴェールは決めた。

——次に目覚めたときにはアンリ様が隣にいますように！

願いながら、ぽすんと横になるのと同時に、がちゃり、と部屋の扉がひらく。

「っ、お帰りなさいませ！」

プリムヴェールは跳ねおき、愛らしい顔を輝かせてとびきり甘い声で叫んだ。

「アンリさ……ま？」

がちゃり、と後ろ手に扉を閉めたのは、プリムヴェールの愛しい人ではなく、見慣れた若い衛兵だった。

「……ジャン、どうし——」

「気安く呼ぶな……！　この毒婦め……！」

押し殺した怒声に、プリムヴェールの肩が跳ねる。

「な……に」

「もう限界なんだよ……！」

ギラギラと瞳に凶暴な光をたたえて一歩また一歩と近付いてくるジャンに、プリムヴェールは敷き布の上で後ずさる。

「……夜ごと雌猫のような発情した声をまきちらしたかと思えば、ガキのように泣きわめいて……恥知らずで幼稚な、貴様のような毒婦はアンリ様の妃に相応《ふさわ》しくない……！」

吐きだされる言葉にプリムヴェールは唇を噛む。確かに事実だが、ここはアンリの私室だ。私室の内側で起こることを責められる筋合いはない。

怒鳴りかえしてやりたいものの、興奮させてはまずいのはわかる。プリムヴェールは奥歯を噛みしめて言葉をのみこんだ。

――大丈夫よ。おじいちゃまのところに行って伝言が嘘だとわかれば、すぐにアンリ様は戻ってきてくださるわ。

生家から連れてきた侍女は朝の支度までやってこない。もっとも、この場にいてくれたところで屈強な衛兵が相手ではどうしようもないだろう。

――怪我《けが》人が増える心配がないのが幸いね。

ジャンの手に武器はなかった。

衛兵の槍は、それにもう一人の衛兵は、どうしたのだろう。

「……相棒には眠ってもらった。槍など使うまでもない。アンリ様のお部屋を、貴様の血で穢《けが》すのは申しわけないからな」

プリムヴェールの視線で察したらしい。ジャンが貴族の子息らしく、それなりに整った顔を笑みに歪《ゆが》める。

「そんなに細い首なら、へし折るのも簡単だろう」

その言葉にプリムヴェールが顔を引きつらせると、彼は笑みを深めた。

「まったく、アンリ様という将来を約束した素晴らしい伴侶がいながら、ルイス殿下にまで色目を使いやがって……！　あんな屑《くず》だが、確かに顔はいい、あっちのほうも相当だろうからな。下手すぎてアンリ様をよろこばせられない？　いったい、何を仕込まれていたんだか……！」

じとりと肌をなぞる視線に、ぞわりとプリムヴェールの肌が粟立《あわだ》つ。

「ルイス様は私の義兄になる方よ……！　そのような汚らわしい妄想はやめてちょうだい……！」

「汚らわしい？　貴様が言うのか？　未婚の女が未婚の男と寝台の上でカーテンを閉じて二人っきり！　それで誤解するなというほうが無理だろうが！」

ジャンの声が跳ねあがる。

「アンリ様は貴様とルイス殿下の仲を疑い、疑ったことを恥じて自分を責めていらっしゃった！」

「え？」

「その上……アンリ様はおっしゃっていた！　『私は、いつの間にこれほど弱くなったのだろう』と！　挙句の果てには『私は王になる価値のある男なのだろうか』とまで！　あるに決まっているだろう！　あの方をおいて、誰が王になるというんだ！」

「そうね、同感だわ」

反射的にプリムヴェールは頷《うなず》いて「黙れ！」と怒鳴りつけられた。

「貴様のせいで、アンリ様は変わってしまわれた。あのような弱音を吐くなど……！　貴様がいるから、あの方は弱くなる。貴様が消えれば、あの方は目を覚ますはずだ。あの方は、誰よりも強く、ゆるぎなく、私の憧れで、私を救ってくださった神にも等しき騎士なのだから……！」

じわりと瞳を潤《うる》ませる男に、プリムヴェールはおそるおそる問いかける。

「アンリ様が、あなたをお救いになったというのは……いつの話？」

「貴様には関係ない！」と突っぱねられるかと思ったが、ジャンは遠くを見るような目つきで、うっとりと語りはじめた。

「……私は貧しい男爵家の三男に生まれついた」

また男爵家の三番目か、とプリムヴェールは心の中で溜め息をつく。

「家を継げない私は、自分の身を立てるために方々に頭を下げて、どうにか従騎士になったものの、同じような立場の男の中で一番格下の爵位とあって、皆に軽んじられ、傷つけられて……それでも家には逃げ帰れないと、いつもボロボロの心と身体を引きずりながら、辛《つら》い毎日を過ごしていたんだ」

よくある話だな、とプリムヴェールは思った。

よくある話だからといって、辛《つら》くないということはないだろうが。

跡目を継げない貴族の子息は多かれ少なかれ――令嬢とはまた違った方向で辛《つら》い思いをする。

けれど、それを乗りこえて、生きていかなくては幸せはつかめないのだ。

「……そんなとき、私はアンリ様に出会った。六年前、結構な大きさの盗賊団の討伐があっただろう？　私は討伐隊に誘われ、よろこんで加わった。自分よりも年若い少年が次々と騎士として認められていくのに、私はいつまで経っても従騎士のままで……十八にもなって、焦っていたのだ。武功をあげれば騎士になれるかもしれないと。……だが、初めての戦場は散々だったよ。先陣の隊に配属されて勢いよく斬りこんだものの、最初の一人に剣を突きたてたところで抜けなくなってしまって……横から切りかかってくる男を避けたら、後はもう丸腰で逃げ回るだけだった」

初陣《ういじん》でそれでは、さぞ恐ろしかっただろう。

「そのうち何かを踏みつけて転んで、何かと見ると、一緒に鍛練《たんれん》していた従騎士の頭が転がっていた。少し前まで笑いあっていたのに……そこで腰が抜けてしまって、もう立てなかった。へたりこむ私に気がついた盗賊が一人、ニヤニヤ笑いながら近付いてきて……もうダメだと思った。……そのときだった！」

少年のようにジャンの瞳が輝いた。

「あの方が来てくださったんだ。私を救いに！」

上ずった声が響く。

「海が割れるみたいに、次々と盗賊が倒れていく。私に向かってきていた盗賊も吸いよせられるように駆けていって、斬りふせられた。そうして、ひらいた道の向こうから、アンリ様が私に向かってまっすぐに歩いてこられた……！　風にマントがたなびき、剣に白い光が反射して……まるで太陽を手にしているように美しかった……！」

宗教画の美しさでも語るような口調だった。

「血と泥と自分の漏らした小便にまみれた私に、アンリ様は手を差しのべてくださったのだ。嫌な顔一つせず、怪我《けが》はないかと案じてくださった。あのときのアンリ様は、私よりも若い、十七の少年だったのに……死体が転がる戦場でも恐れることなく、変に昂《たか》ぶることもなく、ただ凛《りん》として剣をふるっていらっしゃった。まるで神のように強く、美しかった……！　昨年の国境戦よりもずっと前から……そう、私だけは気がついていたんだ！　あの方が人ではなく、軍神だと！　あの日から私は、血の滲《にじ》むような努力をしてきた！　少しでも、あの方に近付くために！」

喜々として語るジャンにプリムヴェールは憐《あわ》れみを覚える。

ただでさえ肩身の狭い立場で心身共に追いつめられていた少年が、初めての戦場で死にかけたのだ。極限状態の彼の頭に、救い主の姿は深く輝かしく灼《や》きついてしまったに違いない。

――だからといって、私とアンリ様の邪魔はさせないけれど。

ずり、と後ずさって、プリムヴェールは寝台から、そろりと足を下ろした。

「……何をしている」

さすがは騎士。陶酔《とうすい》のさなかでも目ざとい。

プリムヴェールは唇の端をつりあげる。

「お話はよくわかりました。本当にアンリ様は素晴らしい方です。そのことについては私も全身全霊をもって同意いたします」

「当然だ」

「ですが――」

遠くから駆けてくる足音を、プリムヴェールの耳は聞きとっていた。

アンリの足音だ。間違いない。

「殺されてあげる気はありませんの」

少し遅れてジャンも気がついたのだろう。ハッと目をみはり、プリムヴェールを睨《にら》みつけてくる。

「貴様！」

焦りを滲《にじ》ませ、突進してくる男に背を向けて、さっとプリムヴェールは寝台の下に潜《もぐ》りこんだ。

ジャンは素手だ。そして、大柄な彼の身体では、プリムヴェールでさえ頭をぶつける寝台の木枠はくぐれない。

「くそっ！　出てこい！」

かがみこみ、太い腕をつっこんでくる男から、必死に身体を縮めて逃げまどう。猫の子にでもなったような気分だ。

焦《じ》れた男が扉に向かって駆けていく。

槍を取りに行ったのだろう。

そこにがちゃり、と扉がひらいて「待て！」とアンリの声が響いた。

「アンリ様！　お許しを！　すべてあなたのためなのです！　軍神であるあなたが共に生き、共に死ぬべき相手は、こんな女じゃない！　我ら共に戦う男なのです！」

プリムヴェールは息をひそめ、ヘッドボードのほうににじり寄る。ドキドキと心臓が破けそうだ。

真っ暗な寝台の下からのぞくと、灯りの中を近付いてくる衛兵のブーツの向こう、廊下を駆けてくるアンリの姿がよく見えた。

ジッと視線をアンリに合わせる。

命を落とすのなら、最期に見るのは彼がいい。

食いいるように見つめていると、アンリが胸元に右手を入れ、立ちどまる。

諦めたのだろうか——などと、プリムヴェールは思いもしなかった。

きらりと何かが光ってアンリが大きく腕を振りかぶり、振りおろす。プリムヴェールがホッと息をついた瞬間、寝台まであと数歩というところで、ジャンがよろけた。

どさり、と倒れこんだ男の足には深々とダガーが刺さっていた。

「……くそっ」

尚も腕を伸ばしてくる男から遠ざかるようにして、プリムヴェールは寝台から這《は》いだす。

「プリムヴェール！」

愛しい声に、彼女は全力で応えた。

「アンリ様！」

床にうずくまったまま、もう、ジャンは動こうとはしなかった。

ただ、自分が神と崇《あが》めた男が裁きをくだしに近付いてくるのを見つめていた。穢《けが》したくないといったアンリの部屋を、自らの血で汚しながら。

＊　＊　＊

「――覚えていない」

ジャンを衛兵に引き渡した後、プリムヴェールから彼の動機を聞かされたアンリは、そう口にするほかなかった。

「……そうですか」

手に持った温めた果実水のカップを傾けつつ、プリムヴェールが頷《うなず》く。

「六年も前のことですし、彼の外見や印象も変わったでしょうから、しかたがありませんわ」

六年前――日照りによる凶作の年だ。国としても支援策を打ちだしたが行きとどかず、ついには餓死者《がし》が出た。

飢えと死への恐怖は人に道を誤らせる。

王都から遠く、支援が充分に届かなかった農村が一つ、丸ごと盗賊団に変わり、周囲の村々を襲いはじめたのだ。二つ目の村が焼かれた報告が届いた時点で、討伐隊の出撃準備は整っていた。

当時十七歳だったアンリは、その討伐隊の隊長補佐を務めたのだが……

「……ひどいありさまだった。たかが食いつめた農民の集まりだと議会は甘く見ていたんだ。訓練も受けていない農民に、武器を持った騎士や兵が負けるはずがないと。だが、彼らは人を殺すことにためらいがなかった」

目の前で老いた親や子が飢えて死んでいく様《さま》を見て、きっと彼らの中の何かが壊れてしまったのだろうとアンリは思う。

「従騎士が多く駆りだされて……初陣《ういじん》の者も多かった。戦意を喪失して動けなくなっていた者を何人も見かけた。一人一人に充分に声をかけてやる余裕もなかった。だから……」

数多い初陣《ういじん》従騎士の一人であったジャンのことを覚えておらず、あれほど強くアンリを思っていることにも気づくことができなかった。

——私は、いつもそうだ。

深い後悔と絶望がアンリの胸を黒く塗りつぶしていく。

「……プリムヴェール」

アンリは並んで腰かけていた寝台を下り、愛しい婚約者の足元に跪《ひざまず》いた。

そうして、深々と頭を下げ、乞《こ》うた。

「……この結婚は、なかったことにしてくれ」

長い、息が詰《つ》まるような沈黙の後、ぽつりとプリムヴェールが口をひらいた。

「……なぜでしょうか」

「これ以上、君を危険な目にあわせたくない」

どうか、許してくれ――そう深々と頭を下げたアンリには、彼女の表情を見ることができない。

いや、見たくなかったのだ。だからこそ、わざとらしいほど深々と、床にすりつけるように頭を下げていた。

「……しかたがありませんね」

プリムヴェールの言葉と呆《あき》れたような溜め息が、やけに大きくアンリの耳に響いた。

寝台がきしみ、アンリの隣を小さな足が通りすぎる。

ひたひたと窓辺に向かって歩く気配。

かたりと鍵が外れる音。部屋にこもった重苦しい空気を入れかえるように、あけはなたれた窓から風が吹きこむ。

頬を撫《な》でる夜気の冷たさに顔を上げ、アンリは窓辺に佇《たたず》む小さな背を見つめた。

ゆっくりと振りかえった愛しい少女が微笑《ほほえ》む。

「……アンリ様」

呼ばれたアンリはふらふらと立ちあがり、引きよせられるように、彼女に近付いていく。

彼女を放したくない。腕に抱きしめて自分だけのものにしてしまいたい。

けれど、それは愚かなわがままだ。

ジャンのような、あの侍女のような人間がいったい、あと何人いるのだろう。

ルイスの言う通りだ。

アンリは「目についた者を一人も見捨てず助けてきただけで、そいつらに特別な思い入れがあったわけじゃない。だから、覚えていない」のだ。

どこに埋まっているのかわからなければ、災厄の芽は、つみとれない。

公爵の言う通りだ。

マヌケなリスには、彼女を娶《めと》る資格などない。

――これほど、愛しているのに。

近付き、足をとめる。あと一歩、手を伸ばせば届く距離で。

「……では、アンリ様」

動かないアンリにプリムヴェールが笑いかける。いつものように無邪気な恋する少女の笑みで。

つられてアンリも微笑《ほほえ》みかけて――

「次の世では、きっと私を妻にしてくださいましね！」

ほがらかに告げ、プリムヴェールが踵《きびす》を返した。

鮮やかなマリーゴールドの髪が夜風になびく。

白い手が窓にかかり、ほっそりとした脚が窓枠をまたいだ。何の迷いもなしに。

ふわりと彼女の身体が宙に浮かび――獣じみた咆哮《ほうこう》と屈強な腕がそれを引きもどした。

「……なんてことを……！　プリムヴェール……君は……、君は……っ、何ということを……！」

衛兵が激しく扉を叩《たた》く音すら耳に入らないアンリに、「あら」とプリムヴェールは新緑の瞳をパチリと見はり、笑いかける。

「だって私は、アンリ様と結ばれない未来なんて、いりませんもの」

「プリムヴェール、君を守るためなんだ！」

ぱしん、と乾いた音が響いた。

「嘘つき」

「……プリムヴェール」

頬を打たれたアンリは呆然とプリムヴェールを見つめかえす。

「私のためなどと言わないでください。アンリ様のためでしょう？　あなたは怖いのよ。私に恨まれることが、嫌われることが、私が、あなたのせいで死ぬことが」

「……っ、私は！　……私は……そうだ。君の愛を失いたくない。だが、それ以上に君自身を失いたくないんだ。私は、君のためならば死んでもかまわない。だが、君が私のために死ぬようなことがあったら……私は……！」

「では、私と別れてどうなさるのですか？　誰を妻に娶《めと》ろうと、あなたに相応《ふさわ》しくないと反感を抱く人間は出てくるでしょう。私と別れて、私ではない、死んでもいい女を次々と妻に迎えるのですか？」

問われ、アンリは言葉に詰《つ》まる。

「ねぇ、アンリ様……もしそうなったなら、私がその女を殺してやるわ！」

「プリムヴェール！」

何ということを言うのかと咎《とが》めようとしたとき、「いやっ！」と小さな拳《こぶし》がアンリの分厚い胸を叩《たた》いた。

「いやよ！　絶対、いやっ！　別れない！　私はアンリ様と一緒にいたいの！　私の幸福を願うのならば、なぜ、『私のために死んでくれ』と言ってくださらないの!?　覚悟を決めてそう言ってくだされば！　私はよろこんで従うのに！」

激したように何度も何度もアンリの胸を打ちながら、新緑の瞳からこぼれた涙が白い頬を伝う。

「死んでも後悔なんてするものですか！　嫌いにもならない！　王宮が危険だというのなら、どこにだってさらっていってくだされればいいじゃない！　どこだってアンリ様がいれば私は幸せなのに、私を捨てるなんて！　あなたを失って、どうやって生きていけというの？　ひどい！　卑怯者《ひきょうもの》！　恨んでやる！　私は、私はっ、こんなにっ、こんなにも……っ、あなたを愛しているのに――」

気づけば、アンリはプリムヴェールを抱きしめていた。

華奢《きゃしゃ》な身体がきしむほど強く。

「……許してくれ」

「許さないっ」

「どうか許してくれ、君を危険にさらすことを」

「……アンリ様？」

「君を危険にさらして、それでも、君を欲しがる私の欲深さを」

「……ええ」

ふっ、と嗚咽《おえつ》を噛みころしたプリムヴェールが、アンリの頬を撫《な》で、唇の端をつりあげる。

「……ええ、許しますとも。どうぞ、私のすべてを欲してください」

愛しい少女の言葉に、アンリは彼女を押したおした。やわらかな寝台ではなく、硬く冷たい床に。

小さく上がった悲鳴にもアンリは手をとめない。

今すぐに、彼女の存在を確かめたかった。

しっかりと左の腕で抱きしめたまま、右手で寝衣の裾《すそ》をたぐりよせ、露《あら》わになった白い脚をつかみ、ぐいと押しひらく。

あ、とこぼれたプリムヴェールの吐息を食らうように唇を重ねた。

舌が絡み、細い腕がアンリの首に回される。

音を立てて口付けながら、アンリは手早く前をくつろげると、少しだけ身体をずらし、プリムヴェールの頭を抱きしめるようにして、いきりたつ雄を彼女の脚の間に押しつけた。

湿ったやわい肉が切先に触れ、じんと痺《しび》れるような感覚に襲われる。

はやる心のまま、ぐぐ、と腰を押しつけた。

ほんの少しの抵抗を示しながらも、プリムヴェールの身体は馴染《なじ》んだ雄を、じわりじわりと受けいれていく。

「……っ、ぅ」

みちみちとまとわりつく熱さに、アンリはぶるりと背を震わせる。

きつく目を閉じて息を喘《あえ》がせながらもどうにか力を抜いて受けいれようとする少女の健気《けなげ》さに、アンリは目眩《めまい》がするほどの愛しさを覚えた。

強く腰を打ちつけたい――こみあげる衝動に抗《あらが》い、ゆっくりと腰を進めていく。

拷問のような時を経てようやくすべてをおさめきり、アンリは深々と息をはいた。

「……プリムヴェール、大丈夫か」

そうっと髪を撫《な》でて、かけた問いに返ってきたのは、首すじへの口付けだ。

ちくりとした感触に、アンリは目を細める。

「そんなものをつけずとも、私は君の物だ」

「ん、……私の物、だからこそですわ」

耳をくすぐる声は甘く傲慢《ごうまん》で、アンリはたまらず腰を引き、強く突きだした。

こぼれた彼女の悲鳴は、続く律動により切れ切れの喘《あえ》ぎへと変わっていく。

「プリムヴェール、私を呼んで、求めてくれ……っ」

「ん、っ、アンリ、さま……！」

「もっと」

「アンリ、さっ、あ、っ、んんっ、あんりっ、さっ、ま」

呼べと言いつけながら、アンリは容赦なく彼女をゆさぶり、しまいには顎《あご》をすくって上向かせ、懸命に呼びかけようとする可憐《かれん》な唇を塞《ふさ》いだ。

細い指がシャツをつかみ、アンリの背を這《は》って強く爪が立てられる。

その微《かす》かな痛みすら今は心地よかった。

「プリムヴェール、愛している」

私も――と返そうとしたプリムヴェールの唇を塞《ふさ》ぎなおし、アンリはこみあげる衝動のままに彼女の身体を押さえつけ、突きあげる。

悲鳴じみた嬌声《きょうせい》すらも押しこめるように口付けを深めて。

アンリは彼女の中に自分を刻みつけるように、植えつけるように、奥深くにたぎる熱をときはなった。

事《こと》が済み、乱れた衣服を整えたアンリは小さく息をついた。

扉へ目をやり、ふっと伏せる。

気づいたときには扉を叩《たた》く音も、衛兵の声も聞こえなくなっていた。

――呆《あき》れただろうな。

婚約者が命を狙われた夜に、このありさまだ。

――結局、一度ではおさまらなかった。

相変わらずの自制心のなさを恥じたくなるが、それでもアンリはいつになくすっきりとした気持ちでいた。

そっと腕の中でまどろむ少女の髪を撫《な》でる。

「……アンリ様」

「ああ。プリムヴェール、起きていたのか」

「ええ」

「眠りなさい。きっと明日は客が多い」

「はい、ですが、その前に……」

よいしょ、とアンリの膝に座りなおして、プリムヴェールは微笑《ほほえ》んだ。

「私はアンリ様に、私のためにすべてを犠牲にしてほしいとは思っておりません」

「……プリムヴェール」

彼女はアンリの手をそっと握りしめる。

「あなたが、ただの一人の男ならば、そうねだったかもしれません。でも、あなたは王になるお方。王は人間であると同時に王という特別な存在なのです。あなたの心も、あなたの身体も私は民と分かちあわねばなりません。……けれど、そのことに腹を立てはしても、悲しいと思ったことはありませんのよ。むしろ誇りに思っております。だって、誰よりも清らかで気高く美しい、あなた以上に王に相応《ふさわ》しい者など、おりませんもの！」

「……そう、だろうか」

「そうです！　認めなさい！」

ぺちり、とアンリの頰を小さな手が打つ。

蚊《か》も殺せぬような一撃だが、アンリの心には強く響いた。

「あなたは王になるのです。そして私は王妃となり、あなたの隣でしぶとくしぶとく長生きします。アンリ様の隣にいられるのならば、私は何も恐れません。……だから、変に遠慮をしたり、怯《おび》えたりなんてしないでください。それは、私の幸福にはつながりません」

「君の幸福」

「はい。アンリ様は私を幸せにしたいのでしょう？　私もアンリ様を幸せにしたいです。したくてしたくてたまりません。ですから、恐れず欲して、愛してください」

きっぱりと言いきったプリムヴェールの顔を見つめながら、アンリは自身の心の空隙《くうげき》がすっかり満たされていることに気づく。

ルイスの予備として育ったアンリは、ずっと何者かになりたかった。

唯一無二の存在として誰かに愛されたかった。

その願いは叶っていたのだと、今夜、ようやく気づく。

王でなくとも、完璧でなくとも、弱音を吐くような情けない男でも、それでもかまわないと、プリムヴェールは示してくれた。死ぬほどあなたを愛している、と。

——私は、彼女の隣で王になる。

もう、うじうじと悩んだりはしない。

アンリが立派な王になることが、プリムヴェールを——命をかけてアンリの価値を証明してくれた愛しい人を守ることにもつながるのだから。

「プリムヴェール、愛している。どうか、私と共に、私のために生きて、死んでくれ」

「はい、アンリ様。私も愛しています。私と共に、私のために生きて、死んでください」

二人は見つめあい、月明かりの下、愛の誓いを交わしあった。

＊＊＊

「お姉様、聞いてください！　新記録！　アンリ様と私の新記録です〜！」

ぴょんぴょんと寝台の上で飛びはね、プリムヴェールはソレイユを手招いた。

その元気ありあまる様子に、ソレイユの唇がほころぶ。

「……まぁ、ご機嫌ね。よかった」

ゆったりとソレイユはプリムヴェールのもとへ歩いてくると、寝台に腰を下ろしてぽんぽん、と敷き布を叩《たた》いた。

プリムヴェールは躾《しつ》けられた犬のように素早く膝をつき、ソレイユの手にしたビスケットの皿を熱く見つめる。

「昨夜は色々と騒がしかったようだけれど……アンリ様との愛が深まったのかしら？　どんな記録を打ちたてたの？　さぁ、こっそり教えてちょうだい」

「うふふ、初めて床でつながって、抜かずの五連射を達成しましたぁ……！」

「まぁ、初めてづくしね。おめでとう」

「はいっ！　とっても幸せですっ！」

元気よく答えて、プリムヴェールは愛の結晶が宿っているであろう薄い腹をさすさすと撫《な》でた。

時期もいい。あれだけ愛されればきっと実るに違いない。

「じゃあ、お見舞いではなく、お祝いね。あーん、して」

「はい！　あーっ」

大きくひらいた口の中に、ひょいとビスケットが一枚。

「うむっ」

サクリと砕けて、香ばしい小麦とバター、ふんわりやさしいミルクの味が、プリムヴェールの舌を甘やかす。

「美味《おい》しい？」

「んっ！」

「ふふ、かけらがついているわよ」

子供のように頷《うなず》くプリムヴェールの唇の端を、ソレイユの細い指が拭《ぬぐ》った。

——う〜ん、しあわせ！

心からそう思う。

他人からどう見えようとも、プリムヴェールは現在の暮らしを満喫しているのだ。

姉であるソレイユも、母である公爵夫人も、それを理解していた。

プリムヴェールの足首に光る足枷《あしかせ》。それは母の心づかいだ。

心やさしいアンリが相手では、このような状況に陥《おちい》ることは今後まずないだろうから、今だけの背徳的な暮らしを満喫しなさい——という常人には少々理解しがたい親心の結晶。

——お父様には、申しわけないけれど……

女たちの企《たくら》みなど知らぬ父は「どうして、私の娘は……そろいもそろって、茨《いばら》の道を進もうとするんだ……」と母の胸で咽《むせ》び泣きつつも、「愛は理屈でも損得でもありませんわ、愛しいあなた」と丸めこまれていた。

——お母様は、私の味方。お父様は、お母様の味方。問題ないわ。

外出もできず、少しばかり不便な暮らしではあるが、アンリの意外な一面を見ることができて、たっぷり愛も深まった。

プリムヴェールは強いアンリが好きだが、弱いアンリも嫌いではない。どちらも等しく愛している。

——悪くはないわね！

迷いが消えた今朝のアンリは、以前のように——いや、それ以上に凛々《りり》しく雄々《おお》しく輝いていた。きっと崇拝者たちも見惚《みほ》れることだろう。

その輝かしい存在の隣に立つのは、他の誰でもない。プリムヴェールだ。

スフェール家のロング・ギャラリー、ずらりと並んだ家族の肖像。

今は雄大な風景画や瑞々《みずみず》しい静物画が並んでいる場所に、ルイスとソレイユ、アンリとプリムヴェール、それぞれ仲よく寄りそう二枚の肖像画がかけられる日も遠くはない。

姉はやさしく、義理の兄も屑《くず》野郎から愛妻家へと進化して、真実の愛とやらも育っているようだ。

先日の侍女の事件も、昨日の出来事も確かに恐ろしかった。

だが、アンリはあれだけ魅力的なのだ。少しくらいの嫉妬《しっと》や敵意は税のようなものだと、プリムヴェールは割りきっている。

今朝も新顔の衛兵が「あなたをお守りするようアンリ様から厳命されましたが、あなたがアンリ様を傷つけるようなことがあれば、私はあなたを許しません！」などとキリリとした顔で喧嘩《けんか》を売ってきた。

だが、「まぁ、奇遇ですわね！　私もアンリ様を傷つけるような人間は地獄に落ちろと思っておりますわ！　本当に！　私はアンリ様が愛しくて愛しくて！　誰よりも幸せにしてさしあげたくて、たまりませんのよ！」と返すと、「それは……ならば……どうぞ、よろしくお願いいたします……そうですね……あなたくらい気性が激しい方のほうが、逆にアンリ様には相応《ふさわ》しいのかもしれませんね……」と複雑そうな顔で引きさがっていった。

――何も問題はないわ！

アンリを諦めて平和に生きるよりも、女として彼を一人じめしながら遠慮なく憎まれたい。

――だって、欲しいものしか欲しくないもの。

生涯、手に入らなかったものを悔やんで抜け殻のように生きるくらいならば、この先の未来などいらない。

もっとも、昨夜あの窓から身を投げようとしたのは充分に勝算を見込んでのことだ。

プリムヴェールは信じていた。

ルイスでさえ、落ちるビスケットをキャッチできるのだ。あの距離で、あのアンリに、プリムヴェールをつかまえられないはずがない。

けれど、本当に落ちたところで悔やみはしなかった。

アンリのいない未来――他の男との未来など、プリムヴェールには何の魅力も意味もない。

わがままなのは重々承知。けれど、父はともかく、母や姉はプリムヴェールを咎《とが》めないだろう。

たとえその結果、命を落としたとしても「しかたがない子ね」と笑って花を手向《たむ》けてくれるはずだ。

プリムヴェールは一番欲しいもののために命を燃やしつくしたのだから。人生に一片の悔《く》いもない。もっとも、簡単に殺されてやるつもりは微塵《みじん》もないが。

「……お姉様、心配かけてごめんなさい。でも、私、とっても幸せです！」

ほがらかに宣言すると、わかっているわ、と言うようにソレイユが頷《うなず》く。

「ええ。それがあなたの……私たちの幸せですものね」

「はい！　お姉様！」

私たちの幸福な未来に乾杯——と優雅にビスケットをつまんで、ぶつけあう。

さくりと食《は》んで、視線を交わし、くすくすと二人笑いあった。

プリムヴェールは今日も憂《うれ》いなく、身も心も満たされている。

書き下ろし番外編

この愛が消えなくて良かった。

ソレイユは夢を見た。嫌な夢だった。

＊＊＊

聞きなれない鳥の鳴き声に目をひらき、ベッドから足を下ろす。

ゆっくりと窓に近付き、伸ばした指がガラスに触れようとして——かしゃん、と冷たい音が足元で響いた。

そっと首をひねって視線を落とし、足首にはまった銀の枷《かせ》とそこから寝台へと伸びる鎖をたどって、ソレイユは溜め息をつく。

十日前、ソレイユを籠《かご》の鳥ならぬ寝台の虜囚《りょしゅう》としたのはルイスだ。

——どうしてこうなったのかしら。

白々しい問いが頭に響く。原因はわかっている。自分のせいだと。

ソレイユがルイスをここまで追いこんだ。

プリムヴェールを庇《かば》い、顔を損ねたルイスをソレイユは受けいれられなかったのだ。

突然態度を変えた婚約者に彼は戸惑《とまど》い、悲しみ、絶望の果てに未来を捨てた。

ソレイユを屋敷から連れさり、こうして閉じこめ、組みしいて――いずれ訪れる破滅を待っている。

この館の持ち主が誰かはわからない。

ソレイユの家の持ち物ではない。王家所有の物でもないだろう。

両家を敵に回してでもルイスを手助けしようとする者がいたことに、ソレイユは驚きと少しのよろこび、そして、どうしようもないやりきれなさを覚えた。

かつての放蕩三昧《ほうとうざんまい》な屑《くず》王子のままであれば、誰も彼に協力などしなかったはずだ。

ルイスが変わったから、自分の身を危険にさらしてでも彼の恋路を助けてやろうと思う者があらわれたのだ。

そして、彼が変わったのは、すべてソレイユのためだった。

――それなのに、私は……

じわりと視界が滲《にじ》む。そっと俯《うつむ》き、目元を拭《ぬぐ》うと同時に背後で扉がひらく音がした。

「……ソレイユ、また泣いていたのか」

「……ルイス様」

静かな声に振りむき、顔を上げかけて——ソレイユは目を伏せた。

「……やはり、私の顔など見たくもないか」

自嘲《じちょう》まじりの言葉に胸が締めつけられる。

「……ごめんなさい」

視線をそらしたまま呟《つぶや》けば、視界の端でルイスが拳《こぶし》を握りしめるのが見えた。

「……本当に、ごめんなさい」

コツコツと足音が近付いてきて、ソレイユの目の前でとまる。

「あなたを、愛せなくなってしまって」

その言葉が合図だったように、荒々しく腕をつかまれた。

「ソレイユ、私を見ろ……！」

すがるような声に、きつく目を閉じる。

「ごめんなさい……！」

「目をあけて、私を見ろ！」

「ごめんなさいっ」

「どうしてだ!?　あれほど愛してくれたのに、どうして……ソレイユ、こんな少しばかりの火傷《やけど》で……ソレイユ、頼む……頼むから、私を見てくれ！」

「ごめんなさい！」

「っ、ああ、くそっ」

ぎりりと腕に食いこむ指にソレイユは小さく悲鳴を上げるが、ルイスの力はゆるまない。

ぐいと引かれてよろめき、「ごめんなさい」と壊れたように繰りかえしながら寝台へと引きずられていき、やがて、敷き布の上に投げだされた。

ドレスなど身につけていない。一枚きりのシュミーズの襟《えり》ぐりにルイスの手がかかり、びりりと破かれ、そのまま身体から引きはがされる。

「どうせ私しか見ない。これからは、裸で過ごすといい。そうすれば逃げられないだろう？」

その言葉に思わずソレイユは目をひらき、見下ろすルイスと視線を合わせてしまった。

嘲《あざけ》るような声とは裏腹にルイスの瞳は、ひどく苦しげだった。

目が合った瞬間、見ひらいた瞳の中に、すがるような色がまじる。

「ソレイユ……ッ」

名を呼ばれ、ソレイユは顔をそらし、目を閉じた。

拒まないでくれ、見捨てないでくれ――そう訴えるまなざしから逃れるように。

それから何度呼びかけられても、ソレイユは返事をしなかった。

やがて諦めたルイスの手がソレイユの身体を這《は》いはじめる。言葉をもらえないのなら、せめて甘い喘《あえ》ぎだけでも引きだしたいというように。

不思議なことに彼の顔が損なわれた後も、身体が彼の愛撫《あいぶ》を拒むことはなかった。きつく目を閉じたまま、彼の指に乱され、高められ、ぐずぐずにとろけきったところで脚をひらかれ、ルイスが押し入ってくる。

それから動けなくなるまで、声が枯れるまで貪《むさぼ》られるのだ。今日もまた同じだろう。

「っ、あ、は、ぁ……ぁあっ」

脚の間で粘ついた音が響き、くぷりと指が引きぬかれ、膝裏をすくわれる。

目を閉じているせいか、覆《おお》いかぶさってくる身体から伝わる熱気、ぬるりとすりつけられた雄の杭《くい》の感触がやけに生々しく感じられる。

「……ソレイユ、愛している」

祈るような声に目を閉じたまま顔をそらすと、グッとルイスの指に力がこもり、猛《たけ》る雄がソレイユの身体を貫《つらぬ》いた。

「～～っ」

ひと突きで軽く果てる。何十と繰りかえし受けいれ、すっかりと彼の雄に馴染《なじ》んだ身体は悦《よろこ》びに震え、もてなすように絡みついていく。

はあ、と心地よさそうな吐息がソレイユの頬をくすぐり、ゆるい律動が始まった。

愛している、愛している、ソレイユ、愛している――腰を打ちつけながら、切れ切れに落ちてくる甘い囁《ささや》きに耳を塞《ふさ》ぎたくなる。

こうしてつながっているときだけは、彼も安心できるのだろう。

ソレイユの身体はルイスを拒んでいない。まだ、愛される希望があるのかもしれないと。

――そんなことは、ありえないのに。

身体は拒まない。けれど、ソレイユはもう彼の顔をまともに見ることができないのだ。

醜《みにく》くなったからというのとは違う。

ルイスの顔はソレイユにとって、最上で最高の最愛のものだった。それが損なわれた。

それは毎日ながめ、ずっとそばに置きたいと願いつづけてきた芸術品が、壊れてしまったようなものだ。

欠けた壺、半身が砕けた石膏像、ナイフで裂かれた絵画。

それすらも芸術と呼ぶものもいるだろうが、ソレイユは違う。

あれほど完璧だったものが変わってしまった。それが、ただ、辛《つら》いのだ。見たくない。

美しく完璧だったころを思いだしてしまうから。

だから、ソレイユはルイスの顔が見られなくなった。

彼の顔を心どころか魂《たましい》の底から愛していたから。

「ソレイユ、ソレイユ……ッ、目をあけてくれ……っ」

甘くすがるような囁《ささや》きから逃げるように、ソレイユはきつく目をつむり、顔をそらす。

それを合図に律動が激しさを増し、やがて、身体の奥でルイスの熱がはじけた。


「……どうせ、あと、もう少しだ……」

事《こと》が済み、気だるげに身を離したルイスが呟《つぶや》いた。

「……もうすぐ誰かが君を捜しにやってくる。それまでの辛抱だ、ソレイユ。それまでは私につきあってくれ」

投げやりな言葉にソレイユは「いえ」と首を横に振る。

「来ませんわ……誰も」

「来るだろう？　君の書置きを頼りに、私を追ってくるはずだ」

屋敷を去る夜、「家族に書置きを残したい」と願ったソレイユにルイスは「好きにしろ」

と答えた。白い紙にペンを走らせ、書いた文面をあらためたりもしなかった。

だからルイスは知らないのだ。ソレイユが何を決めたのかを。

「……来ません。きっと」

「……どうしてそう思うんだ、ソレ――」

いぶかしむ声がソレイユの名を呼びおえる前に、階下から激しい物音が響いた。

ルイスが息をのみ、寝台を飛びおりる。

壁に立てかけた剣へと走り、つかんで戻ってくるとソレイユの肩に毛布をかけた。

階段を駆けあがってきた音は扉の前でとまり、一呼吸置いて、扉が蹴破《けやぶ》られる。

パラパラと舞う木くず、埃《ほこり》を払ってあらわれたのは――

「……ああ、おまえか。アンリ」

「……兄上」

アンリは剣を抜いていた。すっとかまえる姿にルイスが乾いた笑い声を立てる。

「そうか。私を斬るか。当然だな」

ルイスは、だらりと腕を下げ、思いなおしたように剣をかまえなおした。

「……このほうが、おまえも斬りやすいだろう?」

「兄上っ！」

「斬れ。大丈夫だ。誰もおまえを咎《とが》めない。私をふくめてな」

「っ、兄上、戻りましょう。このようなことといつまでも続けてはいられないと、兄上とてわかっているでしょう⁉」

「わかっているさ。だから、斬れ。……おまえなら、私の気持ちがわかるだろう？　頼む、斬ってくれ」

静かに願うルイスにアンリは呻《うめ》き、目を伏せた。

「……できないか？　ならば、私がおまえを斬ろう。そうすれば剣を振れるだろう？」

そう言ってルイスが剣を握りなおし、床を蹴ろうとした瞬間。

「やめて！」

ソレイユの絶叫が響いた。

「やめて、だめ、やめて……っ」

ソレイユは寝台から転がり落ちるようにして、ルイスのもとへと這《は》っていく。

呆然と見下ろしていたルイスがハッとしたように後ずさる。

「何を言っているんだソレイユ、私がいなくなれば君は屋敷に戻れる。……私は、君を手放せない。私がいる限り、君はここで惨めな暮らしを続けることになるんだぞ……ああ、そうか。すまなかった。目の前で死なれるのは気分が悪いか。アンリ、外へ出よう」

促《うなが》すルイスにアンリは動かない。

「……アンリ、どうした？」

「私はここへ一人で来ました」

「それがどうした？　公爵家に頼まれて来たのだろう？」

「違います」

アンリは深々と溜め息をついた。

「ソレイユの書置きを見て、叔父上はたいそうお怒りになり、ソレイユを連れ戻すようにおっしゃいましたが……叔母上とプリムヴェールは反対しました」

「……反対した？　叔母上とプリムヴェールが？　書置きには何と書いてあったんだ？」

ちらりとソレイユの顔を見て、また一つ溜め息をつき、アンリは答えた。

「私は選びました。捜さないでください。どうぞお元気で」

「……それだけか」

「はい、それだけです。ですから、これは誘拐ではなく駆け落ちなのです。まだ戻れます。兄上、あなたとソレイユが幸せになる、もっと違う方法を考えて――」

「……嘘だ」

ルイスが呻《うめ》く。

「なぜだ、ソレイユ」

「……あなたへの愛は、わからなくなってしまいました。でも、それでも、あなたほど愛した人はいません。これから先も、あなた以上に愛せる人など見つからない。だから……愛せなくとも、あなたのそばで、あなたと最後まで一緒にいようと思ったの……」

「ふざけるな!」

ぽつりぽつりと打ちあけたソレイユにルイスは吠えた。

「そんなっ、そんな憐《あわ》れみなどっ、愛せなくとも最後まで一緒にいるだと!? なぜだ!? 見るも悍《おぞ》ましいほどなのだろう? それなのに……っ」

ぶるぶると剣を握るルイスの手が震える。

「……ふざけるな……!」

視界の端で光る切先が持ちあがり、ソレイユは目を閉じた。

わかっている。自分がルイスに、どれほどひどいことをしたのか。しているのか。

彼に愛を教えて、愛し愛され、裏切った。

だから、ここで斬られてもかまわない。

覚悟を決め、その瞬間を待って――ソレイユの耳に届いたのは、刃《やいば》が空を切る音ではなく、「すまない」というルイスの呟《つぶや》きだった。

ソレイユが目蓋《まぶた》をひらくと、ぽたりと床に透明な雫《しずく》が落ちるのが見えた。

「……すまない、ソレイユ。許してくれとは言わない」

微《かす》かに震える声と共に降ってきた温《ぬく》い雨が、木くずが散らばる床の色を変えていく。

「……アンリ」

「はい、兄上」

「ソレイユを頼む。私は行く。とめないでくれ」

「……はい、兄上」

「ルイス様!?」

「ソレイユ、どうか幸せになってくれ」

そんな身勝手な言葉を投げかけるとルイスは身をひるがえし、部屋から走り出ていった。

「待って、ルイス様！　アンリ様、何をしてらっしゃるの、早く追いかけて！　お願い！」

ソレイユの言葉にアンリは動かない。痛みをこらえるようにジッと床を見つめていた。

足音が遠ざかっていく。階段を駆けおり、扉がひらく音が聞こえて。

バタンと閉じる音を最後に、ルイスはソレイユの前から消えてしまった。

一年後、ソレイユは公爵家の庭で籐椅子《とういす》に腰かけ、ひだまりの中で微笑《ほほえ》んでいた。

その腕には、すやすやと健《すこ》やかな寝息を立てる世にも美しい赤子が抱かれている。

アンリに連れられて公爵家に戻った翌月、この子を身ごもっているとわかった。

子に父親を与えるため、花婿《はなむこ》不在のまま婚姻証明書にルイスとソレイユ――二人の名を記した後、ルイスは病死したものとされ、この国から存在を消された。

透きとおるような白金の髪に碧玉《へきぎょく》の瞳。

懐かしい面影を持つ息子を撫《な》でながら、ソレイユは頬をゆるめる。

この先きっと、この子はどんどん美しくなるだろう。

それこそ生きて動いているのが不思議なほどに――彼の父親のように。

――いつか、会いに来てほしい。どこかで生きていてほしい。

そう願いながら、ソレイユは授かった命をそっと抱きしめた。

＊＊＊

――ひどい夢だったわ。

夢と同じく公爵家の庭、ひだまりの中で、夢とは違う白いガーデンチェアに腰を下ろしながら、ソレイユは深々と溜め息をついた。

――本当に、どうしてあんな夢を見たのかしら。

また一つ溜め息をこぼすと、ティーセットが置かれたテーブルの向こう、ソレイユが焼いたビスケットをもりもりと口に押しこんでいたルイスが「ん？」と顔を上げた。

「どうしたソレイユ？　そのような溜め息をついて……どこか具合でも悪いのか？」

心配顔で問う彼の頬から、ビスケットのかけらがパラパラと落ちる。

「……いえ。今日の夢見が悪かっただけですわ」

誰も取ったりしないから、もう少し落ちついて食べてほしい――などと思いつつ、微笑を浮かべて答えると、ルイスはキュッと眉をひそめて再び尋ねてきた。

「そうか。嫌な夢でも見たのか？」

「ええ……まあ」

「どのような夢だ？」

ソレイユは正直に答えるべきか迷い、最後の部分だけを伝えることにした。

「……ルイス様のお子を授かる夢でした」

「えっ!?　私の子を!?」

ルイスの顔がパッと輝く。けれど、またたき三回ほど置いてから、その顔に「あれ？」

と疑問の色が広がり、みるみるうちにシュンと曇《くも》った。

「……その……ソレイユ……それが、嫌な夢なのか……？」

この世の終わりのような顔をして問うルイスに、ソレイユは思わず噴きだしてしまう。

「っ、ソレイユ、どうして笑うんだ？」

「いえ、ルイス様のお顔が可愛らしくて、つい……」

「えっ、嬉しいが……いや、誤魔化《ごまか》さないでくれ！」

よろこんだり怒ったり、コロコロと忙しく変わる表情は、まるで犬のように愛らしい。

ソレイユは、ふふ、と頬をゆるめるとルイスの右頬――白い肌に刻まれた火傷《やけど》の痕《あと》へと手を伸ばし、そっと手のひらのぬくもりを伝えるように触れる。

「……お子を授かったのは嬉しかったですわ。ですが、ルイス様が……」

「わ、私が……？」

固唾《かたず》をのんで続きを待つルイスに、ソレイユは困ったように眉を下げながら告げた。

「生まれた子に嫉妬《しっと》して『子供と私とどちらが大事なんだ!?』と泣かれてしまいまして、それはもう育児の邪魔をされてしまいましたの」

本当に大変でしたと微笑《ほほえ》めば、ルイスは「うぐ」と呻《うめ》いて胸を押さえる。

「それは確かに……私ならやりそうだな。すまない。気をつける！」

「ええ、お願いいたします」

「ああ。気をつけるが……君との子を本当にこの手に抱ける日がくるのは、楽しみだ」

ルイスが呟《つぶや》き、照れくさそうに目を細める。

そらすことなくその目を見つめかえしつつ、ソレイユの胸にジワリと温かなものが広がっていく。

――ああ、この愛が消えなくて良かった。

夢とは違う結末に感謝しながら、ソレイユは愛しい人の頬をやさしく撫《な》でた。

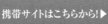

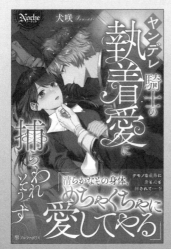

本書は、2021年2月当社より単行本として刊行されたものに書き下ろしを加えて文庫化したものです。


この作品に対する皆様のご意見・ご感想をお待ちしております。

おハガキ・お手紙は以下の宛先にお送りください。

【宛先】

〒150-6008 東京都渋谷区恵比寿4-20-3 恵比寿ｶﾞｰﾃﾞﾝﾌﾟﾚｲｽﾀﾜｰ 8F
（株）アルファポリス　書籍感想係

メールフォームでのご意見・ご感想は右のQRコードから、
あるいは以下のワードで検索をかけてください。

アルファポリス　書籍の感想　検索

ご感想はこちらから

Noche BUNKO

だが、顔《かお》がいい。

犬咲《いぬさき》

2023年8月31日初版発行

文庫編集－斧木悠子・森 順子
編集長－倉持真理
発行者－梶本雄介
発行所－株式会社アルファポリス
〒150-6008 東京都渋谷区恵比寿4-20-3 恵比寿ｶﾞｰﾃﾞﾝﾌﾟﾚｲｽﾀﾜｰ8F
TEL 03-6277-1601（営業）　03-6277-1602（編集）
URL https://www.alphapolis.co.jp/
発売元－株式会社星雲社（共同出版社・流通責任出版社）
〒112-0005 東京都文京区水道1-3-30
TEL 03-3868-3275
装丁・本文イラスト－whimhalooo
装丁デザイン－AFTERGLOW
（レーベルフォーマットデザイン－團 夢見（imagejack））
印刷－中央精版印刷株式会社

価格はカバーに表示されてあります。

落丁乱丁の場合はアルファポリスまでご連絡ください。

送料は小社負担でお取り替えします。


ISBN978-4-434-32515-1 C0193